【 名 家 诗 歌 典 藏 】

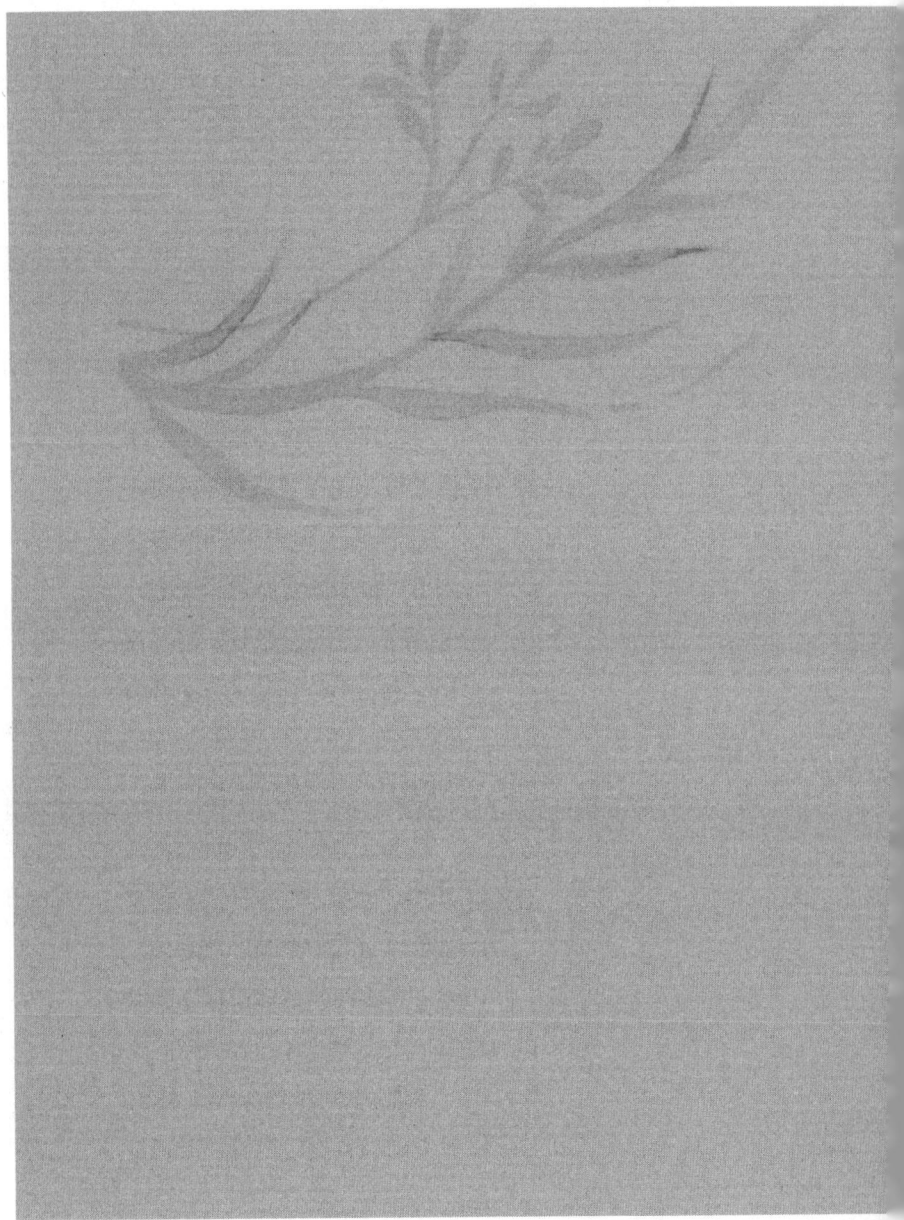

拜伦 雪莱 济慈诗精选

〔英〕拜伦 雪莱 济慈　著

穆旦　译

长江出版传媒　长江文艺出版社

图书在版编目（CIP）数据

拜伦雪莱济慈诗精选 / (英) 拜伦，(英) 雪莱，(英) 济慈著；穆旦译. --武汉：长江文艺出版社，2022.4
（名家诗歌典藏）
ISBN 978-7-5702-2443-2

Ⅰ. ①拜… Ⅱ. ①拜… ②雪… ③济… ④穆… Ⅲ. ①诗集－英国－近代 Ⅳ. ①I561.24

中国版本图书馆 CIP 数据核字(2021)第 221323 号

拜伦雪莱济慈诗精选
BAILUN XUELAI JICI SHI JINGXUAN

责任编辑：周　阳　　　　　　　　责任校对：毛　娟
封面设计：颜森设计　　　　　　　责任印制：邱　莉　杨　帆

出版：长江出版传媒 | 长江文艺出版社
地址：武汉市雄楚大街 268 号　　　邮编：430070
发行：长江文艺出版社
http://www.cjlap.com
印刷：湖北恒泰印务有限公司

开本：880 毫米×1230 毫米　　1/32　　印张：6.5　　插页：7 页
版次：2022 年 4 月第 1 版　　　　　2022 年 4 月第 1 次印刷
行数：4280 行

定价：38.00 元

| 目 录 |

第一辑　拜伦卷

第三辑　济慈卷

拜伦卷

拜 伦 卷

想从前我们俩分手

想从前我们俩分手，

　　默默无言地流着泪，

预感到多年的隔离，

　　我们忍不住心碎；

你的脸冰凉，发白，

　　你的吻更似冷冰，

呵，那一刻正预兆了

　　我今日的悲痛。

清早凝结着寒露，

　　冷彻了我的额角，

那种感觉仿佛是

　　对我此刻的警告。

你的誓言全破碎了，

　　你的行为如此轻浮：

人家提起你的名字，

　　我听了也感到羞辱。

他们当着我讲到你，

　　一声声有如丧钟；

我的全身一阵颤栗——
　　为什么对你如此情重？
没有人知道我熟识你，
　　呵，熟识得太过了——
我将长久、长久地悔恨，
　　这深处难以为外人道。

你我秘密地相会，
　　我又默默地悲伤，
你竟然把我欺骗，
　　你的心终于遗忘。
如果很多年以后，
　　我们又偶然会面，
我将要怎样招呼你？
　　只有含着泪，默默无言。

（1808 年）

雅典的少女[①]

你是我的生命，我爱你。

雅典的少女呵，在我们分别前，
把我的心，把我的心交还！
或者，既然它已经和我脱离，
留着它吧，把其余的也拿去！
请听一句我临别前的誓语：
你是我的生命，我爱你。

我要凭那无拘无束的卷发，
每阵爱琴海的风都追逐着它；
我要凭那墨玉镶边的眼睛，
睫毛直吻着你颊上的嫣红；
我要凭那野鹿似的眼睛誓语：
你是我的生命，我爱你。

还有我久欲一尝的红唇，

---

① 拜伦旅居雅典时，住在一个名叫色欧杜拉·马珂里的寡妇家中，她有三个女儿，长女特瑞莎即诗中的"雅典的少女"。

还有那轻盈紧束的腰身；
我要凭这些定情的鲜花，
它们胜过一切言语的表达；
我要说，凭爱情的一串悲喜：
你是我的生命，我爱你。

雅典的少女呵，我们分了手；
想着我吧，当你孤独的时候。
虽然我向着伊斯坦堡飞奔，
雅典却抓住我的心和灵魂：
我能够不爱你吗？不会的！
你是我的生命，我爱你。

（1810 年，雅典）

只要再克制一下

只要再克制一下，我就会解脱

  这割裂我内心的阵阵绞痛；
最后一次对你和爱情长叹过，

  我就要再回到忙碌的人生。
我如今随遇而安，善于混日子，

  尽管这种种从未使我喜欢；
纵然世上的乐趣都已飞逝，

  有什么悲哀能再使我心酸？

给我拿酒来吧，给我摆上筵席，

  人本来不适于孤独的生存；
我将做一个无心的浪荡子弟，

  随大家欢笑，不要和人共悲恸。
在美好的日子里我不是如此，

  我原不会这样，如果不是你
逝去了，把我孤独地留下度日；

  你化为虚无——一切也失去了意义。

我的竖琴妄想弹唱得潇洒！

被"忧伤"所勉强做出的笑容
有如覆盖在石墓上的玫瑰花，
　　不过是对潜伏的悲哀的嘲讽。
虽然我有快活的友伴共饮，
　　可以暂且驱遣满怀的怨诉；
虽然欢笑点燃了发狂的灵魂，
　　这颗心呵——这颗心仍旧孤独！

很多回，在清幽寂寞的晚上，
　　我有所慰藉地凝视着天空，
因为我猜想，这天庭的银光
　　正甜蜜地照着你沉思的眼睛；
常常，当新西雅①高踞天阙，
　　当我驶过爱琴海的波涛，
我会想："赛沙在望着那明月"——
　　唉，但它是在她的墓上闪耀！
当我辗转于病痛失眠的床褥，
　　高热在抽搐我跳动的血管，
"赛莎不可能知道我的痛苦，"
　　我疲弱地说："这倒是一种慰安。"
仿佛一个奴隶被折磨了一生，
　　给他以自由是无益的恩赐，

---

① 新西雅，月亮女神。

悲悯的造化白白给我以生命，

　　　因为呵，赛莎已经与世长辞！

我的赛莎的一件定情的馈赠，

　　　当生命和爱情还正在鲜艳！

呵，如今你看来已多么不同！

　　　时光给你染上了怎样的愁颜！

那和你一起许给我的一颗心

　　　沉寂了——唉，但愿我的也沉寂！

虽然它已冷得有如死去的人，

　　　却还感到、还嫌恶周身的寒意。

你酸心的证物！你凄凉的标记！

　　　尽管令人难过，贴紧我的前胸！

仍旧保存那爱情吧，使它专一，

　　　不然就撕裂你所贴紧的心。

时间只能冷却，但移不动爱情，

　　　爱情会因为绝望而更神圣；

呵，千万颗活跃的爱心又怎能

　　　比得上这对于逝者的钟情？

你死了

"呵，和别人一起怎及得对你的追忆！"

你死了，这么年轻、美丽，
　　没有人比得上你；
你那种娇容、那种绝色，
　　这么快回到土里！
虽然泥土承受了它，
而人们也将不经意地
　　在那上面践踏，
却有一个人绝不忍
对你的坟墓注视一瞬。

我不想知道是在哪里
　　你静静地安眠，
让花草尽情地滋生吧，
　　我只不愿意看见：
够了，够了，只要我知道
我的所爱，我心上的人
　　竟和泥土一样烂掉；

又何必墓碑给我指出
我所爱的原来是虚无。

但我却爱你直到最后，
　　一如你爱我那般；
你对我始终一心一意，
　　现在更不会改变。
死亡给爱情贴了封条，
岁月、情敌再不会偷去，
　　负心又怎样抹掉；
伤心的是：你不能看见
我没有错处或改变。

生命的良辰是我们的，
　　苦时只由我忍受；
欢愉的太阳，险恶的风暴，
　　再不会为你所有。
你那无梦之乡的静穆，
我已羡慕得不再哭泣；
　　我更无须乎怨诉
你的美色都已毫无踪影，
我至少没见它长期凋零。

那开得最艳的花朵

必然是最先凋落，
而花瓣，虽然没有手攫取，
也会随时间萎缩；
然而，假如等花儿片片萎黄，
那比看它今日突然摘去，
岂不更令人悲伤；
因为人的眼睛怎堪忍受
一个美人儿由美变丑。

我不知道我是否能忍受，
看你的美逐渐凋残，
随着这般晨曦而来的夜
一定会更觉得幽暗。
没有云翳的白日过去了，
直到临终你都那么鲜艳，
你熄灭了，而不是枯凋；
你仿佛天上掠过的星星，
在沉落的时候最为光明。

如果我能哭出，像以前，
我应该好好哭一场，
因为在你临危的床边
我不曾有一次探望；
我不曾怜爱地注视你的脸，

或者把你轻轻抱在怀里，
　　你的头靠着我永眠；
我该悲恸：无论爱情多空，
呵，你我已不再乐于其中。

可是，从你残留下的珍异，
　　尽管你都由我拾取，
那我也仍得不了许多，
　　还不如这样把你记忆！
通过幽暗而可怕的永恒，
你那不会磨灭掉的一切
　　会重回到我的心中；
但你埋葬的爱最使你可亲——
胜过一切，除了它活的时辰。

她走在美的光彩中

一

她走在美的光彩中，像夜晚
　　皎洁无云而且繁星满天；
明与暗的最美妙的色泽
　　在她的仪容和秋波里呈现：
耀目的白天只嫌光太强，
　　它比那光亮柔和而幽暗。

二

增加或减少一分明与暗
　　就会损害这难言的美，
美波动在她乌黑的发上，
　　或者散布淡淡的光辉
在那脸庞，恬静的思绪
　　指明它的来处纯洁而珍贵。

三

呵，那额际，那鲜艳的面颊，
　　　如此温和，平静，而又脉脉含情，
那迷人的微笑，那容颜的光彩，
　　　都在说明一个善良的生命：
她的头脑安于世间的一切，
　　　她的心充溢着真纯的爱情！

我看过你哭

一

我看过你哭——一滴明亮的泪
　　涌上你蓝色的眼珠；
那时候，我心想，这岂不就是
　　一朵紫罗兰上垂着露；
我看过你笑——蓝宝石的火焰
　　在你之前也不再发闪；
呵，宝石的闪烁怎么比得上
　　你那一瞥的灵活的光线。

二

仿佛是乌云从远方的太阳
　　得到浓厚而柔和的色彩，
就是冉冉的黄昏的暗影
　　也不能将它从天空逐开；
你那微笑给我阴沉的脑中

也灌注了纯洁的欢乐；
你的容光留下了光明一闪，
　恰似太阳在我心里放射。

失眠人的太阳

呵，失眠人的太阳！忧郁的星！
有如泪珠，你射来抖颤的光明
只不过显现你逐不开的幽暗，
你多么像欢乐追忆在心坎！
"过去"，那往日的明辉也在闪烁，
但它微弱的光却没有一丝热；
"忧伤"尽在瞭望黑夜的一线光明，
它清晰，却遥远；灿烂，但多么寒冷！

西拿基立的覆亡①

一

亚述王来了，像突袭羊群的一只狼，

他的大军闪着紫色和金色的光，

他们矛戟的闪烁像是海上的星星，

当加利利②的蓝色的波涛在夜里翻腾。

二

在日落的时候，看那大军遍野的旗帜

有如绿色的盛夏时森林的叶子，

呵，有如森林的叶子，当秋风萧萧吹起，

次日一早，那大军已枯萎地横陈一地。

三

因为死神在这狂澜上展开了翅翼，

---

① 西拿基立，亚述国王，其朝代为公元前705—前681年。他的覆亡故事在《圣经·旧约全书·列王纪下》第十九章中有记载。

② 巴勒斯坦北部的湖。

它飞翔着，对着敌人的脸轻轻吹嘘，
那些垂死人的眼睛于是木然变冷，
他们的心只跳了一下，便永远沉静。

四

战马也躺在地上，大大张着鼻孔，
但已没有骄傲的呼吸在里面流动；
由喘息所发的白沫还留在青草上，
冰冷的，像是泼溅在岩石上的波浪。

五

那骑马的壮士也躺着，苍白而曲扭，
他的眉头凝着露珠，铠甲生了锈；
军帐静悄悄的，旗帜没有人理会，
矛枪没有人举起，军号也没有人吹。

六

而亚述的寡妇们在高声哀号，
太阳神宇①中的偶像都已破碎，倾倒；

---

① 亚述人为异教徒，信奉太阳神。

这异教的武力没有等到交锋，

已在上帝的一瞥下，像雪似的消融。

乐　章

哦，泪之泉，你神圣的源流
出于一个多情的灵魂：
谁要能从心里涌出你，
女仙呵，他将四倍的快乐。
　　　　　　　　——格雷：《诗》

一

世间哪有一种欢乐能和它拿去的相比，
呵，那冥想的晨光已随着感情的枯凋萎靡；
并不只是少年面颊的桃红迅速地褪色，
还未等青春流逝，那心的花朵便已凋落。

二

在快乐触礁的时候，有些灵魂浮越过重创，
接着会被冲到罪恶的沙滩，纵欲的海洋；
他们的航程失去指针，或只是白努力一番，
他们残破的小舟再也驶不到指望的岸沿。

三

于是有如死亡降临，灵魂罩上致命的阴冷，
它无感于别人的悲哀，也不敢做自己的梦，
一层厚冰冻结在我们泪之泉的泉口上，
尽管眼睛还在闪耀，呵，那已是冰霜的寒光。

四

尽管雄辩的唇舌还闪着机智，欢笑在沸腾，
这午夜的春宵再也不能希冀以往的宁静，
就好像常春藤的枝叶覆盖着倾圮的楼阁，
外表看来葱翠而清新，里面却灰暗而残破。

五

哦，但愿我能有从前的感觉，或者复归往昔，
但愿我还能对许多一去不返的情景哭泣；
沙漠中的泉水尽管苦涩，但仍极为甘美，
呵，在生命的荒原上，让我流出那种眼泪。

乐　章

没有一个美的女儿
富于魅力，像你那样；
对于我，你甜蜜的声音
有如音乐飘浮水上：
仿佛那声音扣住了
沉醉的海洋，使它暂停，
波浪在静止和眨眼，
和煦的风也像在做梦。

午夜的月光在编织
海波上明亮的锁链；
海的胸腔轻轻起伏，
恰似一个婴儿安眠：
我的心灵也正是这样
倾身向往，对你聆听；
就像夏季海洋的浪潮
充满了温柔的感情。

（1816 年 3 月 28 日）

给奥古斯达的诗章①

一

虽然我的多事之秋已经过去，

　　我命运的星宿也逐渐暗淡，

你的柔情的心却拒绝承认

　　许多人已经看出的缺点；

虽然你的心熟知我的悲哀，

　　它却毫不畏缩和我分尝；

呵，我的灵魂所描绘的爱情

　　哪里去找？除非是在你心上。

二

当我身边的自然在微笑，

① 这首诗以及《书寄奥古斯达》是拜伦离开英国不久，在日内瓦附近的戴奥达蒂写成的。他和妻子密尔班克的充满纠纷的婚姻生活给他的敌人以更多诽谤的口实，处境恶劣到使他不得不离开英国，从此再也没有回去。李夫人奥古斯达是他的异母姐姐，拜伦和她感情最笃，在他最痛苦的日子里给他以同情和安慰。本诗就是诗人在回忆中写出的。

这是唯一和我应答的笑意，
　　我并不认为它有什么诡谲，
　　　　因为那一笑使我想起了你；
　　当狂风向着海洋冲激，搏战，
　　　　一如我曾信任的心之于我，
　　假如那波涛激起了我的感情，
　　　　那就是，为什么它把你我分隔？

三

虽然我的最后希望——那基石
　　　　动摇了，纷纷碎落在浪潮里，
　　虽然我感觉我的灵魂的归宿
　　　　是痛苦，却绝不作它的奴隶。
　　许多种痛苦在追逐着我，
　　　　它们可以压碎我，我不会求情，
　　可以折磨我，但却不能征服，
　　　　我想着的是你，而不是那伤痛。

四

你人情练达，却没有欺骗我，
　　　　你是个女人，却不曾遗弃，
　　尽管我爱你，你防止使我悲哀，

尽管受到诽谤，你却坚定不移；

尽管被信赖，你没有斥退我，

尽管分离了，并不是借此摆脱，

尽管注意我，并不要说我坏话，

也不是为使世人说谎，你才沉默。

五

我并不责备或唾弃这个世界，

也不怪罪世俗对一人的挞伐，

若使我的心灵对它不能赞许，

是愚蠢使我不曾早些避开它。

如果这错误使我付出的代价

比我一度预料的多了许多，

我终于发现：无论有怎样的损失，

它不能把你从我的心上剥夺。

六

从我的过去的一片荒墟中，

至少，至少有这些我能记忆，

它告诉了我，我所最爱的

终于是最值得我的珍惜；

在沙漠中，一道泉水涌出来，

在广大的荒原中，一棵树矗立，

还有一只鸟儿在幽寂中鸣啭，

　　它在对我的心灵诉说着你。

（1816 年 7 月 24 日）

普罗米修斯①

一

巨人！在你不朽的眼睛看来

　　人寰所受的苦痛

　　是种种可悲的实情，

并不该为诸神蔑视、不睬；

但你的悲悯得到什么报酬？

是默默的痛楚，凝聚心头；

是面对着岩石，饿鹰和枷锁，

是骄傲的人才感到的痛苦，

还有他不愿透露的心酸，

那郁积胸中的苦情一段，

　　它只能在孤寂时吐露，

　　而就在吐露时，也得提防万一

① 在希腊神话中，普罗米修斯是伊阿培塔斯巨人之子。他以泥土造人，而当他看到天神宙斯压迫人类时，即从天上偷火赋予人间，并教人以种种艺术。宙斯除对人间加以报复外，更将普罗米修斯用锁链绑在高加索山的岩石上，每日有巨鹰吃他的肝，每夜那肝又长出来。

天上有谁听见，更不能叹息，
　　除非它没有回音答复。

<h2 style="text-align:center">二</h2>

巨人呵！你被注定了要辗转
在痛苦和你的意志之间，
不能致死，却要历尽磨难；
而那木然无情的上天，
那"命运"的耳聋的王座，
那至高的"憎恨"的原则
（它为了游戏创造出一切，
然后又把造物——毁灭），
甚至不给你死的幸福；
"永恒"——这最不幸的天赋
是你的：而你却善于忍受
　　司雷的大神逼出了你什么？
除了你给他的一句诅咒：
　　你要报复被系身的折磨。
你能够推知未来的命运，
　　但却不肯说出求得和解；
　　你的沉默成了他的判决，
他的灵魂正枉然地悔恨：
呵，他怎能掩饰那邪恶的惊悸，

他手中的电闪一直在颤栗。

三

你神圣的罪恶是怀有仁心，
　　你要以你的教训
　　减轻人间的不幸，
并且振奋起人自立的精神；
尽管上天和你蓄意为敌，
但你那抗拒强暴的毅力，
　　你那百折不挠的灵魂——
天上和人间的暴风雨
　　怎能摧毁你的果敢和坚忍！
　　你给了我们有力的教训：
你是一个标记，一个征象，
标志着人的命运和力量；
和你相同，人也有神的一半，
是浊流来自圣洁的源泉；
人也能够一半儿预见
　　他自己的阴惨的归宿；
　　他那不幸，他的不肯屈服，
和他那生存的孤立无援：
但这一切反而使他振奋，
逆境会唤起顽抗的精神

使他与灾难力敌相持，
坚定的意志，深刻的认识；
即使在痛苦中，他能看到
其中也有它凝聚的酬报；
他骄傲他敢于反抗到底，
呵，他会把死亡变为胜利。

（1816 年 7 月，戴奥达蒂）

警　句

这个世界是一捆干草，

　　人类是驴子，拖着它走，

每人拖的法子都不同，

　　最蠢笨的就是约翰牛①。

―――――――――

① "约翰牛"是英国的绰号。

写于佛罗伦萨至比萨途中

哦，别跟我谈论什么故事里的伟大的人名，
我们青春的岁月是我们最光辉的时辰；
甜蜜的二十二岁所得的常春藤和桃金娘
胜过你所有的桂冠，无论戴得多么辉煌。

对于满额皱纹，花冠和王冕算得了什么？
那不过是五月的朝露洒上枯死的花朵。
那么，不如把这一切从苍白的头上扔开！
对于只给人以荣誉的花环我又何所挂怀？

呵，美名！如果我对你的赞扬也感到欣喜，
那并不仅仅是为了你富丽堂皇的辞句；
我是想看到亲爱的人儿睁大明亮的眼，
让她知道我这爱她的人也并非等闲。

主要是因此，我才追寻你，并且把你发现，
她的目光是笼罩着你的最美的光线；
如果听到我的灿烂的故事，她闪闪眼睛，

我就知道那是爱，我感到那才是光荣。

（1821 年 11 月 6 日）

今天我度过了三十六年①

一八二四年一月二十二日，米索朗吉。

是时候了，这颗心该无所惑，
　　既然它已不再感动人心；
可是，尽管我不能为人所爱，
　　我还要寄情于人！

我的日子飘落在黄叶里，
　　爱情的花和果都已消失；
只剩下溃伤，悔恨和悲哀
　　还为我所保持！

那郁积在我内心的火焰
　　像一座火山岛那样孤寂，
没有一只火把过来点燃——
　　呵，一个火葬礼！

―――――――――

① 这首诗是拜伦参加希腊民族解放战争时，在他三十六岁生日那一天写成的。这以后，他被任命为征讨利潘杜远征军总司令，直到四月十九日去世前为止，没有写过其他诗篇。

希望，恐惧，嫉妒的忧烦，

　　爱情的那崇高的一半

痛苦和力量，我都没有尝过，

　　除了它的锁链。

呵，但何必在此时，此地，

　　让这种思绪挫我的精神：

荣誉正装饰着英雄的尸架，

　　或者鼓舞着他的心。

看！刀剑，军旗，辽阔的战场，

　　荣誉和希腊，就在周身沸腾！

那由盾牌抬回的斯巴达人①

　　何曾有过这种驰骋。

醒来！（不，希腊已经觉醒！）

　　醒来，我的灵魂！想一想

你的心血所来自的湖泊，②

　　还不刺进敌人的胸膛！

————————

　　① 古希腊的斯巴达人以英勇著称。斯巴达的母亲在送儿子出征时，交给他盾牌说，"带回这个盾，不然就躺在它上面回来。"意指战死后由盾牌抬回，这才被认为是光荣的。

　　② 拜伦认为自己承继的是古希腊文化的光辉传统，故愿将希腊称为自己的祖国，以希腊的敌人为自己的敌人。

踏灭那复燃的情欲吧，
　　没出息的成年！对于你
美人的笑靥或者蹙眉
　　应该失去了吸力。

若使你对青春抱恨，何必活着？
　　使你光荣而死的国土
就在这里——去到战场上，
　　把你的呼吸献出！

寻求一个战士的归宿吧，
　　这样的归宿对你最适宜；
看一看四周，选择一块地方，
　　然后静静地安息。

亲人的丧失

（《恰尔德·哈洛尔德游记》第二章，第九八节）

等待老年的最大的伤痛是什么？
是什么把额上的皱纹烙得最深？
那是看着每个亲人从生命册中抹掉，
像我现在这样，在世间茕茕独存。
呵，让我在"惩罚者"之前低低垂下头，
为被分开的心，为已毁的希望默哀；
流逝吧，虚妄的岁月！你尽可不再忧愁，
因为时间已带走了一切我心之所爱，
并且以暮年的灾厄腐蚀了我以往的年代。

我没有爱过这世界

（《恰尔德·哈洛尔德游记》第三章，
第一二三——一二四节）

我没有爱过这世界，它对我也一样；
我没有阿谀过它腐臭的呼吸，也不曾
忍从地屈膝，膜拜它的各种偶像；
我没有在脸上堆着笑，更没有高声
叫嚷着，崇拜一种回音；纷纭的世人
不能把我看作他们一伙；我站在人群中
却不属于他们；也没有把头脑放进
那并非而又算作他们的思想的尸衣中，
一齐列队行进，因此才被压抑而致温顺。

我没有爱过这世界，它对我也一样——
但是，尽管彼此敌视，让我们方方便便
分手吧；虽然我自己不曾看到，在这世上
我相信或许有不骗人的希望，真实的语言，
也许还有些美德，它们的确怀有仁心，
并不给失败的人安排陷阱；我还这样想：

当人们伤心的时候，有些人真的在伤心，

有那么一两个，几乎就是所表现的那样——
我还认为：善不只是空话，幸福并不只是梦想。

意大利的一个灿烂的黄昏

（《恰尔德·哈洛尔德游记》
第四章，第二七——二九节）

月亮升起来了，但还不是夜晚，
落日和月亮平分天空，霞光之海
沿着蓝色的弗留利群峰的高巅
往四下迸流，天空没一片云彩，
但好像交织着各种不同的色调，
融为西方的一条巨大的彩虹——
西下的白天就在那里接连了
逝去的亘古；而对面，月中的山峰
浮游于蔚蓝的太空——神仙的海岛！

只有一颗孤星伴着狄安娜①，统治了
这半壁恬静的天空，但在那边
日光之海依旧灿烂，它的波涛
仍旧在遥远的瑞申山顶上滚转：

---

① 狄安娜，月之女神。

日和夜在互相争夺，直到大自然
恢复应有秩序；加暗的布伦泰河
轻柔地流着，日和夜已给它深染
初开放的玫瑰花的芬芳的紫色，
这色彩顺水而流，就像在镜面上闪烁。

河面上充满了从迢遥的天庭
降临的容光；水波上的各种色泽
从斑斓的落日以至上升的明星
都将它们奇幻的异彩散发、融合：
呵，现在变色了；冉冉的阴影飘过，
把它的帷幕挂上山峦；临别的白天
仿佛是垂死的、不断喘息的海豚，
每一阵剧痛都使它的颜色改变，
最后却最美；终于——完了，一切没入灰色。

东　方

（《阿比杜斯的新娘》第一章，第一节）

你可知道有一个地方，柏树和桃金娘
是那片土地上所做的事迹的征象？
在那儿，兀鹰的躁怒和海鳌的爱情
一会儿化为悲哀，一会儿促成暴行！
你可知道那生长杉木和藤蔓的地方，
那儿的花朵永远盛开，太阳永远闪亮；
西风的轻盈的翅膀为沉香所压低，
在玫瑰盛开的园中逐渐沉落、偃息；
在那儿，香橼和橄榄是最美的水果，
夜莺终年歌唱，她的歌喉从不沉默；
那儿的土地和天空尽管颜色不同，
但各有各的美丽，它们相互争胜，
而海洋的紫色却那么深，那么浓；
少女有如她们摘下的玫瑰一样温柔，
一切充满了神异，只有人的心如旧。
呵，那是东方，那是太阳居住的地方——
他能否对他子女的行为微笑、赞赏？

呵，有如情人告别的声调一样炽热，
那是他们的心，和他们所要讲的故事。

哀希腊

(《唐璜》第三章)

一

希腊群岛呵，美丽的希腊群岛！

　　火热的莎弗①在这里唱过恋歌；

在这里，战争与和平的艺术并兴，

　　狄洛斯②崛起，阿波罗跃出海波！

永恒的夏天还把海岛镀成金，

可是除了太阳，一切已经消沉。

---

　　① 莎弗，公元前七世纪的希腊女诗人。她歌唱爱情的诗以热烈的感情著称。

　　② 狄洛斯，爱琴海中的一个小岛，有一群小岛环绕其周围。据希腊神话，它是由海神自海中唤出的，由于漂浮不定，宙斯以铁链钉之于海底。传说掌管诗歌与音乐的太阳神阿波罗诞生于此。

二

开奥的缪斯①，蒂奥的缪斯②，
　　那英雄的竖琴，恋人的琵琶，
原在你的岸上博得了声誉，
　　而今在这发源地反倒喑哑；
呵，那歌声已远远向西流传，
远超过你祖先的"海岛乐园"。

三

起伏的山峦望着马拉松③——
　　马拉松望着茫茫的海波；
我独自在那里冥想一刻钟，
　　梦想希腊仍旧自由而快乐；
因为，当我在波斯墓上站立，
我不能想象自己是个奴隶。

────────

①　据传说，开奥为荷马的诞生地，开奥的缪斯指荷马。"英雄的竖琴"指荷马史诗，因其中歌颂了战争和英雄。
②　蒂奥的缪斯指公元前六世纪的爱奥尼亚诗人阿那克瑞翁。蒂奥（在小亚细亚）是他的诞生地。"恋人的琵琶"指他的以爱情与美酒为主题的抒情诗。
③　马拉松，雅典东部平原。公元前490年，希腊在此击败波斯国王大流士的入侵大军。

四

一个国王高高坐在石山顶，

　　瞭望着萨拉密①挺立于海外；

千万只船舶在山下靠停，

　　还有多少队伍全由他统率！

他在天亮时把他们数了数，

但日落的时候他们都在何处？

五

呵，他们而今安在？还有你呢，

　　我的祖国？在无声的土地上，

英雄的颂歌如今已沉寂——

　　那英雄的心也不再激荡！

难道你一向庄严的竖琴

竟至沦落到我的手里弹弄？

---

① 萨拉密，希腊半岛附近的岛屿。公元前 480 年，波斯国王瑟克西斯（前 519？—前 465）的强大海军在此处被希腊击败，从此希腊解除了波斯的压迫。当时，瑟克西斯坐在山上俯视这场海战。

六

也好，置身在奴隶民族里，①

　　尽管荣誉都已在沦丧中，

至少，一个爱国志士的忧思，

　　还使我在作歌时感到脸红；

因为，诗人在这儿有什么能为？

为希腊人含羞，对希腊国落泪。

七

我们难道只对好时光悲哭

　　和惭愧？——我们的祖先却流血。

大地呵！把斯巴达人的遗骨

　　从你的怀抱里送回来一些！

哪怕给我们三百勇士的三个，

让德摩比利的决死战复活！

---

① 希腊在1453年至1829年期间，沦为土耳其的属地。拜伦为争取希腊的民族独立而最终献身于这一事业。他捐献家产组成一支希腊军队，并亲赴希腊参战，1824年以患热病死于米索隆吉（在希腊西部）军中。

八

怎么，还是无声？一切都喑哑？

　　不是的！你听那古代的英魂

正像远方的瀑布一样喧哗，

　　他们回答："只要有一个活人

登高一呼，我们就来，就来！"

噫！倒只是活人不理不睬。

九

算了，算了；试试别的调门：

　　斟满一杯萨摩斯①的美酒！

把战争留给土耳其野人，

　　让开奥的葡萄的血汁倾流！

听呵，每一个酒鬼多么踊跃

响应这一个不荣誉的号召！

一〇

　　你们还保有庇瑞克的舞艺②，

————————

① 萨摩斯，希腊一岛，靠近土耳其。

② 庇瑞克舞，古希腊流传下来的战舞。

但庇瑞克的方阵①哪里去了？

这是两课：为什么只记其一，

　　而把高尚而刚强的一课忘掉？

凯德谟斯②给你们造了字体——

难道他是为了传授给奴隶？

　　　　　　——

把萨摩斯的美酒斟满一盅！

　　让我们且抛开这样的话题！

这美酒曾使阿那克瑞翁

　　发为神圣的歌；是的，他屈于

波里克瑞底斯③，一个暴君，

但这暴君至少是我们国人。

　　　　　一二

克索尼萨斯④的一个暴君

---

① 庇瑞克方阵，古希腊的战斗序列。由于伊庇鲁斯（希腊一古国）王皮洛士（前319—前272）而得名。皮洛士以战功著称，曾屡次远征罗马及西西里。

② 凯德谟斯，神话中的希腊底比斯国王，原为腓尼基王子，据说他从腓尼基带给希腊十六个字母。

③ 波里克瑞底斯，公元前六世纪的萨摩斯暴君，以劫掠著称。他曾与波斯对抗。阿那克瑞翁于公元前510年波斯占领蒂奥时，曾移居于萨摩斯，在波里克瑞底斯的治下生活。

④ 克索尼萨斯，地名，在达达尼尔海峡北边。

是自由的最忠勇的朋友：

暴君米太亚得①留名至今！

　　呵，但愿现在我们能够有

一个暴君和他一样精明，

他会团结我们不受人欺凌！

一三

把萨摩斯的美酒斟满一盅！

　　在苏里的山岩，巴加②的岸上，

住着一族人的勇敢的子孙，

　　不愧是斯巴达的母亲所养；

在那里，也许种子已经播散，

是赫剌克勒斯③血统的真传。

---

　　① 米太亚得（前550—前489），古雅典统帅。公元前490年指挥马拉松战役，大败波斯侵略军。以后成为克索尼萨斯的暴君。

　　② 苏里和巴加，都在古希腊地区伊庇鲁斯（今希腊西北部和阿尔巴尼亚南部）内。苏里山中居住有苏里族，自十七世纪至十九世纪一直与土耳其统治者做着顽强的斗争。

　　③ 赫剌克勒斯，希腊神话中的大力神，传说他是希腊对特洛伊战争中的英雄。

一四

自由的事业别依靠西方人，①

　　他们有一个做买卖的国王；

本土的利剑，本土的士兵，

　　是冲锋陷阵的唯一希望；

但土耳其武力，拉丁②的欺骗，

会里应外合把你们的盾打穿。

一五

把萨摩斯的美酒斟满一盅！

　　树荫下正舞蹈着我们的姑娘——

我看见她们的黑眼亮晶晶，

　　但是，望着每个鲜艳的姑娘，

我的眼就为火热的泪所迷，

这乳房难道也要哺育奴隶？

---

①　希腊人在武装反抗土耳其压迫时，英国、法国和俄国由于自身利益曾予以口头支持。当时曾有人对起义者提出警告："我劝你们在听从英国人以前要好好考虑一下，现在英国国王是欧洲所有国王的大老板——他从他的商人那里拿钱来支付他们；因此，如果对商人来说，出卖你们而取得和阿里（指土耳其王——译者）的妥协是有利的，以便在他的港口获得某些商业权益，那么英国人就会把你们出卖给阿里。"拜伦此处也可能指俄国人，他的《青铜时代》有如下两句：能解放希腊的只有希腊人，而非戴着和平面具的野蛮人。

②　拉丁，指西欧。

一六

让我攀登苏尼阿①的悬崖，

　　在那里，将只有我和那海浪
可以听见彼此飘送着悄悄话，

　　让我像天鹅一样歌尽而亡；
我不要奴隶的国度属于我——
干脆把那萨摩斯酒杯打破！

---

① 苏尼阿，在雅典东南阿的卡半岛最南端，上面建有保护神雅典娜神庙。

054

阿尔丰斯·慕夏 画作

名 家 诗 歌 典 藏

科林斯的围攻 （节选）

——

正是午夜：凄清的圆月亮
深深照耀在濯濯的山上；
蓝色的海在滚动，蓝色的天
好似空中的海洋在铺展，
有光的小岛点缀其间，
这样荒凉，这样轻盈地灿烂，
谁能看到它们的闪闪发光
而回顾大地不感到凄怆，
而不愿展翅，远远地飞离，
和那永恒的光融合在一起？
两岸边的海水轻轻荡漾，
平静而澄碧，和天空一样，
它的泡沫很少把石子掀动，
而是像小溪般细语淙淙。
以碧波为枕，风在安睡，
旗幡都在旗杆顶下垂，

而当它们在杆上被卷起，

一钩新月就照耀于天际；

山野上一片深沉的寂静，

只偶尔听到岗哨的口令，

或骏马不断的尖声嘶叫

引起山中的回音邈邈。

那野营大军的一大片喃喃声，

像树叶的沙沙在两岸间喧腾，

因为报祷人①在午夜里高喊：

已到了经常祈祷的时间；

这声音悠悠升起，带着悲调，

像野地里一个孤魂的哀号，

它是一曲歌，凄楚而甜，

好似轻风流过了琴弦，

发出了悠长而无节奏的谐音，

远胜过世间吟唱的诗人。

对于围城内的人，它好像

预告他们覆亡的一声嚷，

甚至在围攻的士兵听来，

它也预示着可怕的灾害。

那抖颤的一声难以形容，

使心灵刹那间停止了跳动，

---

① 原文为 muezzin，伊斯兰教寺院中报告祷告时间的人。

然后脉搏反而更快，为那静止
所表示的惊异感到羞耻，
正如你突闻丧钟而惊醒，
尽管那是为别人而敲的一声。

雪莱卷

雪　莱　卷

致爱尔兰

一

你记着，艾林①！在你忍辱的海岛
夏日也曾经在一片绿野上微笑，
风在摇摆着谷田，同时掠过了
你海上的急旋而起伏的波涛！
你是一棵树，将丰盛、和平与美
荫蔽过大西洋的亲昵的海水，
　　　　而如今，花已凋残，
那投过浓荫的树叶也已枯干；
只见冰冷的手在摘它的枯果，
那寒气直使树根也为之萎缩。

二

　　　　艾林呵，我可以

---

① 艾林：爱尔兰古称。

站在你的海边，计算那涌来的
不断冲击在沙滩上的浪涛，
每一波就像是"时间"巨人手执的
一只斧子，不断破开"永恒"的界限；
行进吧，巨人，继续征服；永远
寂寞地行进！在你无声的步履下
多少邦国覆没了，那几千年来
不畏风霜和雷电的金字塔，
也已在你的践踏下化为虚无。
还有那君王，唯有他独自辉煌，
也不过是冬季活一天的苔藓，
你轻轻一步就使他化为尘土。
你真是所向无敌呵，时间；一切
对你让步，除了"坚定为善的意志"——
那心灵神圣的同情：只有它
始于你之前，又存在于你之后。

（1812 年）

十四行二首

一、咏一只装载知识的气球

灿烂的球体,穿过黄昏的幽暗
　你静静地飞上你轻盈的途程,
　那暗蓝天空中的闪闪的光明
都要被你的火焰逼得暗淡,——
你载去了火,你自身在转瞬间
　就要像流星般消逝在黑暗中,
　可是那永不熄灭的火,像明灯
却将照耀在爱国者的孤坟前;
它将要为穷苦和被压迫的人
　在茅屋里爆发出振奋的火花,
而且还要哄传过暴君的宫廷;
　它是漆黑大地上的一座灯塔,
它呀,像是真理终必突破虚妄,
是使这一片景色复生的太阳。

(1812 年)

二、将装载知识的瓶子浮在布利斯托尔海峡有感而作

载去救世神药的小船呵！愿和风
　　能将你们碧绿的形体吹到彼岸，
　　愿你们能经住大海喧腾的波澜，
不让怒吼的风阻碍你们的行程；
要是无冕的自由女神肯于垂青，
　　从她那卑微的宝座俯首下望，
她一定会以最柔和的西风
　　把你们吹送，哦，是的，使你们遇上
一些天性自由的人，他们的眼睛
　　一旦碰到船中所载的，必会灼烁，
　　从而给受苦的大地点起神火，
使四海之内普照着灿烂的光明，
　　于是暴君的心将愤恨得爆裂，
　　因为再也保不住他们蒙昧的夜。

（1812 年）

诗　章

去吧！月下的荒野是如此幽暗，
　　流云已吞没了黄昏最后的余晖：
去吧！晚风很快地要把夜雾聚敛，
　　天庭的银光就要被午夜所遮黑。

别停留！时光逝了！一切都在喊：
　　去吧！别以临别的泪惹恋人悲哭；
她冷涸而呆痴的眼不敢求你恋栈，
　　职责和疏懒都要你复归于孤独。

去吧，去吧！去到你幽寂的家乡，
　　把痛苦的泪洒在你凄凉的炉边，
你可以望着暗影似阴魂游荡，
　　把忧郁和喜悦编织在自己心间。

你的头上会飘飞着残秋树木的落叶，
　　春日的花和露会在你脚边闪烁：
不是你的心，就是现世，必须变冷和寂灭，
　　那么，午夜和晨光、你和恬静才能汇合。

午夜的愁云也有轮到它的宁息：

　　或者风吹得倦了，或者中天一轮明月；

狂暴而不息的海洋总会停下瞬息；

　　凡是运动、辛劳、或悲伤的，必到时安歇。

而你将安歇在墓中——但在此刻，

　　当幻景还使你迷于那宅舍、亭园和荒野，

唉，你的记忆，悔恨和深思怎能摆脱

　　那妩媚一笑的光彩，两人会谈的音乐？

　　　　　　　　　　　　　　　（1814 年 4 月）

给——

还看着我吧——别把眼睛移开，
　　就让它宴飨于我眼中的爱情，
确实，这爱情不过是你的美
　　在我的精神上反射出的光明。
对我谈话吧——你的声调好似
　　我的心灵的回声，似乎我听见
你说在爱我；可是，你的这言语
　　表现的仍只是你，有如站在镜前
　　你所倾心的只是自己的容颜；

但我还在耗尽生命守着你，
　　有时候，这是多甜蜜的苦役！
在我痛苦时，你也会怜悯我……

无　常

我们像遮蔽午夜之月的云彩；
　　它一刻不停地奔跑，闪耀，颤栗，
向黑暗放出灿烂的光辉！——但很快
　　夜幕合拢了，它就永远隐去；

又像被忘却的琴，不调和的弦
　　每次拨弄都发出不同的音响，
在那纤弱的乐器上，每次重弹，
　　情调和音节都不会和前次一样。

我们睡下：一场梦能毒戕安息；
　　我们起来：游思又会玷污白天；
我们感觉，思索，想象，笑或哭泣，
　　无论抱住悲伤，或者摔脱忧烦：

终归是一样！——因为呵，在这世间，
　　无论是喜悦或悲伤都会溜走：
我们的明日从不再像昨天，

唉，除了"无常"，一切都不肯停留。

（1814 年）

咏　死

在你所必去的阴间，没有工作，没有谋算，没有知识，
也没有智慧。

——《旧约·传道书》

像一个苍白、冰冷、朦胧的笑
　在昏黑的夜空，被一颗流星
投给大海包围的一座孤岛，
　当破晓的曙光还没有放明，
呵，生命的火焰就如此暗淡，
如此飘忽地闪过我们脚边。

人呵！请鼓起心灵的勇气
　耐过这世途的阴影和风暴，
等奇异的晨光一旦升起，
　就会消融你头上的云涛；
地狱和天堂将化为乌有，
留给你的只是永恒的宇宙。

我们的知觉由现世滋育，

我们的感情也由它而生，

死亡必然是可怕的一击，

　使没阅历的头脑感到震惊：

想到我们的所知、所见、所感，

都逝去了，像不可解的梦幻。

呵，坟墓的那边隐藏着一切，

　一切都在，除了我们这躯体，

只是这眸子，这美妙的听觉

　再也不能活着从那儿汲取

所有伟大和奇异的东西，

在无尽变幻的大千世界里。①

谁讲过无言的死的故事？

　谁揭开过死后景象的帷幕？

谁到过曲折广阔的墓穴里

　把它下面的阴影向人描述？

或者把对现世的爱与恐惧

---

① 这一节（以及全诗）似乎表现了泛神论的概念。雪莱早年在致友人信中曾写道："我觉得，每个生命都会再生。什么是灵魂？看那花朵吧。北风把它从地面扫去；它在破坏者的鼻息下枯死了。可是那花朵有一个灵魂：因为，灵魂岂非就是使一个有机生命成为如此而非如彼的东西？由此看来，当地上的花朵已枯，那使花朵成为花朵的东西（灵魂）岂不仍旧存在？……整个自然是具有生命的……或许，死后的存在仍然是现世的存在，只不过我们现在采纳了这一方式，将来换成另一种方式罢了。"这些话或有助于对本诗的理解。

和未来的希望联在一起？

（1816 年发表）

夏日黄昏的墓园

那淹没落日之余晖的雾气
已被晚风在辽阔的空际吹散；
黄昏正绕着白日疲倦的眼睛
把自己的金发越结越幽暗：
呵，寂静和昏黄，人都不喜爱，
已从那幽黑的谷中悄悄爬来。

它们向临别的白天念出魔咒，
感染了海洋、天空、星辰和大地；
万物的声、光和波动受到了
这魔力的支配，都显得更神秘。
风儿静止了，否则就是那枯草
在教堂尖顶上没感到风在飘。

连你也是一样，云彩！你的顶端
像火焰的金字塔从圣殿矗立，
你被那甜蜜的魔咒所制，便以
天空的华彩涂上你变模糊的

遥远的塔尖，它越来越萎缩，
在它四周，星空正凝聚着夜色。

死者正安眠在他们的石墓里，
并且慢慢腐蚀；从那蛆虫的床
发出了似有似无的一声轻颤，
在黑暗中，环绕着一切生命波荡；
那肃穆的音波逐渐变为朦胧，
没入了幽夜和寂静的天空。

呵，美化了的死亡，平静、庄严，
有如这静谧的夜，毫不可怖：
在这儿，像在墓园游戏的儿童，
我好奇地想到：死亡必是瞒住
甜蜜的故事不使人知道，不然
也必有最美的梦和它相伴。

（1815 年 9 月）

赞精神的美

一

一种渺冥灵气的庄严的幻影
　　虽然不见，却在我们中间飘泊，
　　它来访这无常的世界，倏忽得
像夏日的风在花丛里潜行；
像是月光泻下了山中的松林，
　　它以流动不定的视线
　　照耀人的心和容颜；
它又像黄昏的和谐与彩色，
　　像星夜下铺展的流云，
　　像音乐的绕梁的余音，
　　像一切优美的事物那样可贵，
但由于它的神秘，更令人欣慰。

二

美的精灵呵，你以你的彩色

使你照临的人的思想或形象

　　庄严起来，——你竟飘到了何方？

为什么你去了，离开人的邦国，

使这幽暗的泪之谷空旷而荒漠？

　　为什么阳光不永远能

　　在那河谷上编织彩虹？

为什么一度显现的竟然逝去？

　　这生与死，恐惧和梦幻，

　　为什么要给我们的白天

　　投下暗影？为什么人能有

如此多的爱与恨，希望和忧愁？

　　　　　　三

关于这，那个华严世界没有示予

　　任何语言回答圣哲或者诗人——

　　因此，"精怪""魂魄""天堂"这些名称

就成了他们无益的探索的标记，

呵，脆弱的符咒，——它的魔法无力

　　使我们耳目所及的一切

　　摆脱疑虑，命运，无常的世界。

只有你的明光，像薄雾流过山峰，

　　或者，像夜风吹过竖琴

　　所发的轻柔的乐音，

像月光照在午夜的流水，
给生活的噩梦带来了真理和优美。

四

爱情、希望和自尊，飘忽得像云，
　　它们来去无定，只停留瞬息。
　　人原可不朽而全能，只要你——
你呵，尽管不可知，可畏如神明，
肯和你的随从定居在人的心中。
　　你是共感和同情的使者，
　　它们在恋人的眼中起落——
你滋养了人的情思，仿佛是
　　黑暗在培育微弱的火焰！
　　别飘去吧，尽管来得突然；
　　别飘去吧——否则，坟墓也会
像是生活和恐惧，一片漆黑。①

五

还在小时候，为了寻访幽灵，
　　我就走过许多幽室、洞穴、荒墟

---

① 雪莱认为，人死后灵魂不死，因为尚有精神的世界在。这里表示"坟墓"
不是"一片漆黑"，也正是这个意思。

和星夜的树林，以敬畏的步履

追求希望——希望和死者谈心。

我呼唤幼时读过的魅人的名姓;①

　　但毫无所见——没有答复——

　　我在深思着生命的归宿，

在那甜蜜的季节，当风儿正唤起

　　一切沉睡的生命

　　传播花和鸟的音讯——

　　突然，你的幻影临到我;

我狂喜地呼叫，喜得我两手紧握!

六

我起过誓，要把我全心献给你

　　和你的所属——我可违背过誓盟?

　　就在如今，我还带着泪和激动

把千年的魂灵从喑哑的墓里

——唤出：他们正伴着我一起

　　在爱情或课读的梦苑中，

等待那不仁的黑夜消隐②——

————————

　　① 或指诗人幼时所读的充满恐怖与激情的传奇故事的主人公。

　　② 这里，诗人意指，为了追寻"美的精灵"，他好学不倦地彻夜钻研古人的
著述。他的书斋成了"爱情或课读的梦苑"，因为他自己对人类充满了爱情，在
梦想着世间解除"奴役的锁链"的那一天的到来。

他们知道，要让我有欢欣的面容，

　　除非确信你会给世间

　　解除它的奴役的锁链，

　　除非你——呵，庄严的美，

将给予文字所无法表达的欣慰！

七

正午过去以后，白日就显得

　　肃穆而恬静；——在秋日的天空

　　有一种色调，秋天有一种乐声，

是人们在夏天所不曾闻见过的，

仿佛那跟夏天根本不配合！

　　因此，我的青春既已

　　承受了自然的真理，

那么，就请你以灵气对我的余生

　　赐予安谧吧，因为我一向

　　崇拜你，和你的每一表相；

　　魅人的精灵呵，是你的美

使我不敢信任自己，却爱全人类。

（1816 年）

奥西曼德斯①

我遇见一个来自古国的旅客，

　　他说：有两只断落的巨大石腿

站在沙漠中……附近还半埋着

　　一块破碎的石雕的脸；他那皱眉，

那瘪唇，那威严中的轻蔑和冷漠，

　　在在表明雕刻家很懂得那迄今

还留在这岩石上的情欲和愿望，

　　虽然早死了刻绘的手，原型的心；

在那石座上，还有这样的铭记：

"我是奥西曼德斯，众王之王。

强悍者呵，谁能和我的业绩相比！"

　　这就是一切了，再也没有其他。

在这巨大的荒墟四周，无边无际，

　　只见一片荒凉而寂寥的平沙。

（1817 年）

---

① 奥西曼德斯，古埃及王，据称其墓在底比斯的拉米西陵中。

"有力的鹰隼"[①]

有力的鹰隼！你高高飞行
在雾气弥漫的山林上空，
　　直钻入晨曦闪耀的碧霄，
像一片彩云急急赶路；
而当夜色降临，也不顾
　　欲来的狂风暴雨的警告！

（1817 年）

[①] 据推测，本诗是写给威廉·葛德汶的。他对雪莱早期的思想有很大的影响。

"那时刻永远逝去了，孩子！"

一

那时刻永远逝去了，孩子！
它已沉没，僵涸，永不回头！
　　我们望着往昔，
　　不禁感到惊悸：
希望的阴魂正凄苍、悲泣；
是你和我，把它哄骗致死，
　　在生之幽暗的河流。

二

我们望着的那川流已经
滚滚而去，从此不再折回；
　　但我们却立于
　　一片荒凉的境地，
像是墓碑在标志已死的
希望和恐惧：呵，生之黎明

已使它们飞逝，隐退。

(1817 年)

咏尼罗河

一月又一月，山中的雨水冲激着
　那幽秘的埃塞俄比亚的谷溪；
　　冰雪覆盖的峰峦在沙漠中峭立，
那是阿特拉斯①，其中严寒和酷热
奇异地拥抱，田野从而为雪滋润。
　暴风雨卷着气流和陨星凝聚
　　在尼罗河上空的圆瓮中，不断地
督促河水向远大的途程涌进。
在埃及的记忆之邦，洪水泛滥，
　而这是你的水，尼罗河！你明白：
凡你流经的地方，既有种种灾难，
　也有爽神之气；有果实也有毒害。
人呵，记取吧！因为，知识对于你，
正像这广阔的河水之于埃及。

（1818 年）

---

① 埃及山名。

往　昔

一

你可会忘记那快乐的时刻，
被我们在爱之亭榭下埋没？
对着那冰冷的尸体，我们铺下
不是青苔，而是叶子和鲜花。
　　呵，鲜花是失去的快乐，
　　叶子是希望，还依然留贮。

二

你可忘了那逝去的？它可有
一些幽灵，会出来替它复仇！
它有记忆，会把心变为坟墓，
还有悔恨，溜进精神的浓雾
　　会对你阴沉地低声说：
　　快乐一旦消失，就是痛苦。

（1818 年）

咏一朵枯萎的紫罗兰

一

这一朵花失去了香味，
　　它像你的吻，会对我呼吸；
那鲜艳的颜色也已消褪，
　　不再闪耀着你，唯一的你！

二

一个枯萎而僵死的形体，
　　茫然留在我凄凉的前胸，
它以冰冷而沉默的安息
　　折磨着这仍旧火热的心。

三

我哭了，眼泪不使它复生！
　　我叹息，没有香气扑向我！

唉，这沉默而无怨的宿命

　　虽是它的，可对我最适合。

（1818 年）

招苦难

一

来，快活些！坐在我身边，
你以阴影裹身的"苦难"：
羞怯而闪避的新娘呵，
你矜持，沉默，哀伤，
真是神化了的"凄凉"！

二

来，快活些！坐在我身边：
尽管你看我好似不欢，
我却比你快活得多；
因为呵，小姐，你的额前，
正戴着忧伤的冠冕。

三

我们彼此早已熟悉，
像兄妹一样亲密；
多少年了，我们同住在
这寂寞的家中，而且
还要挨过多少岁月。

四

这运气够坏的，自然，
但我们且勉为其难；
要是相爱不必凭欢乐，
我们就爱吧，直爱到一天
心灵的地狱竟好似乐园。

五

来，快活些！一片嫩草
正好供你在这儿睡倒，
蝈蝈会在这儿愉快地
歌唱——唯一的喜悦
在我们忧伤的世界！

六

让垂柳做我们的帐篷，
你可以卧在我的臂中；
声音和香味，一度甜蜜，
已经暗淡了，也正好
使我们沉闷地睡觉。

七

哈！你冰冷的血里跳着
一种爱情，你却不敢说。
你在低语——你在哭泣——
看我火热的心死了，
你的冰心可是在哀悼？

八

吻我吧，你的唇多冷！
你的臂膀搂着我的颈——
它虽柔软，但也似冰；
你的泪滴落在我脸上，
像凝结的铅那样灼伤。

九

快来到新婚的卧榻——
它就铺在坟头底下:
把我们的爱情藏在
黑暗里,再用"寂灭"盖起;
歇下吧,没人会来干预。

十

搂紧我,让我们的心
像两个合并的暗影,
直到这阴森的欢乐
像雾气一样飞腾,
没入那永恒的梦中。

十一

在那长眠中,我们可以
梦见我们并没有哭泣;
弃绝生命的"苦难"呵,
正如"欢乐"常梦见你,
你会梦见我和她一起。

十二

让我们笑吧，且望着
大地上的阴影取乐，
像狗吠对月夜的云——
那多像是在夜深
团团掠过的阴魂。

十三

这一切身外的世相，
像无数傀儡在舞台上
匆匆走过；在你我来看，
这一切都有什么意义？
岂不全是逢场作戏？

（1818 年）

在那不勒斯附近沮丧而作

一

暖和的日光，天空正明媚，
　　海波在急速而灼烁地舞蹈，
日午把紫色的、晶莹的光辉
　　洒在积雪的山峰，碧蓝的岛；
　　潮湿大地的呼吸轻轻缭绕，
缭绕着那含苞未放的花朵；
　　像是一种欢乐的不同音调——
听！那轻风，那洋流，那鸟的歌——
城市的喧哗也像发自世外那样温和。

二

我看到海底幽寂的岩床上
　　浮着海草，青绿与紫红交织；
我看到那打在岸沿的波浪，
　　有如星雨，光芒飞溅而消失；

我独自坐在沙滩上憩息；
　日午的浪潮闪耀着电光
在我周身明灭，一种旋律
　在海波起伏的运动中浮荡——
呵，多优美！但愿我这感情能有人分享！

三

唉！但我没有希望，没有健康，
　既没有内在和外在的安谧，
也不似哲人，能够从冥想
　获得远贵于财富的"满意"，
　让自己活在心灵的荣光里；
我没有声誉、爱情、悠闲、煊赫，
　却见别人为这些所围起——
他们微笑着，管生活叫欢乐，
然而对于我，呵，这一杯却够苦涩。

四

但现在，绝望却归于平静，
　有如这风、这海水一样温和，
我可以躺下，像疲倦的儿童，
　哀哭一下这忧患的生活：

我虽已被它折磨够，却还得

继续忍受，直到死亡，像睡眠，

临到了我，即或是日暖风和，

而我将两颊变冷，只是听见

海水在我垂死的头上单调地泼溅。

五

等我死了，也许会有人哀悼，

正像我，这美丽的一天才消隐，

我欢快的心情立刻就变得

苍老了，发出这违时的呻吟；

尽管他们也哀悼——因为我这人

本为人所不喜——他们绝不致

像对这灿烂的日子那样情深：

因为这一天呵，虽然日已归西，

还会久久留贮的，像回忆中的欣喜。

(1818 年)

"别揭开这画帷"

别揭开这画帷：呵，人们就管这
　　叫作生活，虽然它画的没有真相；
它只是以随便涂抹的彩色
　　仿制我们意愿的事物——而希望
和恐惧，双生的宿命，在后面藏躲，
　　给幽深的穴中不断编织着幻相。
曾有一个人，我知道，把它揭开过——
　　他想找到什么寄托他的爱情，
但却找不到。而世间也没有任何
　　真实的物象，能略略使他心动。
于是他飘泊在冷漠的人群中，
　　成为暗影中的光，是一点明斑
落上阴郁的景色，也是个精灵
　　追求真理，却像"传道者"① 一样兴叹。

(1818 年)

---

① 《旧约·传道书》载：柯希列（或传道者）说："凡事都是虚空。"

颂 天

精灵的合唱

第一个精灵

皎洁之夜的华盖和宫殿！
金色的阳光幽居的乐园！
　　你深邃、广阔、无垠，
你给无论"过去"或"现在"，
　　无论是"时"或是"空"，
搭起了一个永恒的住宅；
　　多少世纪和行动
　　都将以你为圆顶，
　　在这庙堂里出生！

你孕育了辉煌的形体，
有地球和地球的伴侣；
　　活跃的星斗丛生
在你的幽深洞穴和旷野：
　　有流火的陨星，

还有滑行的绿色的世界；
多少冰洁的月亮，
多少巨大的太阳，
点点是强烈的光。

连你的名字都像上帝，
呵，天！因为你崇高无比，
人看见人性就在
你所具有的博大中映出；
因此，无穷的世代
都崇拜过你，向你匍匐。
他们和他们的神祇
已像河水滔滔逝去，
留下的，永远是你！

第二个精灵

你不过是头脑的第一层，
稚弱的幻想绕着它蠕动，
有如幼虫在洞穴
只是看到石钟乳的光明；
但新的欢乐世界
就在你的墓门外移行；
它使你鼎盛的荣光
不过像是从梦乡

把日午的反射瞭望!

第三个精灵

住口吧，尘芥! 对你这猜测，
苍穹只报以轻蔑，淡漠!
　天是谁? 你又是谁?
你只是它的无垠的瞬息;
　太阳和天体在飞，
你是那飞行精气的一粒。
　然而太阳和天体
　只是从自然的心里
　稍稍溢出的血滴!

天是什么? 是露水一珠
在晨花的眼睛里暂贮，
　使花的嫩瓣才醒
就看到一个奇异的宇宙:
　无数太阳和星辰
和广大的经纬，都被收留
　在它那朦胧的领域，
　亿万颗星在那里丛聚，
　颤动、闪烁、随即逝去。

(1819 年)

西风颂

一

哦，狂暴的西风，秋之生命的呼吸！
　你无形，但枯死的落叶被你横扫，
有如鬼魅碰上了巫师，纷纷逃避：

黄的，黑的，灰的，红得像患肺痨，
　呵，重染疫疠的一群：西风呵，是你
以车驾把有翼的种子催送到

黑暗的冬床上，它们就躺在那里，
　像是墓中的死尸，冰冷，深藏，低贱，
直等到春天，你碧空的姊妹吹起

她的喇叭，在沉睡的大地上响遍，
　（唤出嫩芽，像羊群一样，觅食空中）
将色和香充满了山峰和平原：

不羁的精灵呵，你无处不运行；
破坏者兼保护者：听吧，你且聆听！

二

没入你的急流，当高空一片混乱，
　　流云像大地的枯叶一样被撕扯
脱离天空和海洋的纠缠的枝干，

成为雨和电的使者：它们飘落
　　在你的磅礴之气的蔚蓝的波面，
有如狂女的飘扬的头发在闪烁，

从天穹最遥远而模糊的边沿
　　直抵九霄的中天，到处都在摇曳
欲来雷雨的卷发。对濒死的一年

你唱出了葬歌，而这密集的黑夜
　　将成为它广大墓陵的一座圆顶，
里面正有你的万钧之力在凝结；

那是你的浑然之气，从它会迸涌
黑色的雨、冰雹和火焰：哦，你听：

三

是你，你将蓝色的地中海唤醒，
　　而它曾经昏睡了一整个夏天，
被澄澈水流的回旋催眠入梦，

就在巴亚海湾①的一个浮石岛边，
　　它梦见了古老的宫殿和楼阁
在水天映辉的波影里抖颤，

而且都生满青苔，开满花朵，
　　那芬芳真迷人欲醉！呵，为了给你
让一条路，大西洋的汹涌的浪波

把自己向两边劈开，而深在渊底
　　那海洋中的花草和泥污的树林
虽然枝叶扶疏，却没有精力；

听到你的声音，它们已吓得发青：
一边颤栗，一边自动萎缩：哦，你听！

---

① 　在意大利那不勒斯附近，是古罗马的名胜，富豪者居留之地。

四

唉，假如我是一片枯叶被你浮起，
 假如我是能和你飞跑的云雾，
是一个波浪，和你的威力同喘息，

假如我分有你的脉搏，仅仅不如
 你那么自由，哦，无法约束的生命！
假如我能像在少年时，凌风而舞

便成了你的伴侣，悠游于太空
 （因为呵，那时候，要想追你上云霄，
似乎并非梦幻），我就不致像如今

这样焦躁地要和你争相祈祷。
 哦，举起我吧，当我是水波、树叶、浮云！
我跌在生活的荆棘上，我流血了！

这被岁月的重轭所制伏的生命
原是和你一样的：骄傲、轻捷而不驯。

五

把我当作你的竖琴吧，有如树林：
　　尽管我的叶落了，那有什么关系！
你巨大的合奏所振起的乐音

将染有树林和我的深邃的秋意：
　　虽忧伤而甜蜜。呵，但愿你给予我
狂暴的精神！奋勇者呵，让我们合一！

就把我枯死的思想向世界吹落，
　　让它像枯叶一样促成新的生命！
哦，请听从这一篇符咒似的诗歌，

就把我的话语，像是灰烬和火星
　　从还未熄灭的炉火向人间播散！
让预言的喇叭通过我的嘴唇

把昏睡的大地唤醒吧！要是冬天
已经来了，西风呵，春日怎能遥远？

(1819 年)

印度小夜曲

午夜初眠梦见了你，
我从这美梦里醒来，
风儿正悄悄地呼吸，
星星放射着光彩；
午夜初眠梦见了你，
呵，我起来，任凭脚步
（是什么精灵在作祟?）
把我带到你的门户。

飘游的乐曲昏迷在
幽暗而寂静的水上，
金香木的芬芳溶化了，
像梦中甜蜜的想象；
那夜莺已不再怨诉，
怨声死在她的心怀；
让我死在你的怀中吧，
因为你是这么可爱！

哦，把我从草上举起！

我完了！我昏迷，倒下！
让你的爱情化为吻
朝我的眼和嘴唇倾洒。
我的脸苍白而冰冷，
我的心跳得多急切；
哦，快把它压在你心上，
它终将在那儿碎裂。

（1819 年）

给索菲亚（斯泰西小姐）

一

你多美，陆地和海洋的女仙
　　也很少像你这般美丽；
有如适合的衣着，随身联翩，
　　这是你那轻柔的肢体：
随着生命在里面的跳跃，
你的肢体总在移动和闪耀。

二

你那深邃的眼睛是一对星
　　闪着火焰，柔情而晶莹，
会把最智慧的都看得发疯；
　　那煽动火的风是由欢欣
而生的思想，像海上的气流，
它以你荡漾的心作为枕头。

三

要是被你的眼所描绘的脸

　　由于狂喜而能变为苍青，

要是昏迷的灵魂最为昏眩，

　　只要听到你急遽的琴声；

那么，别奇怪吧：每当你讲到

痴心人的时候，我最为心跳。

四

像是由旋风所唤醒的海涛，

　　像是晨风吹拂下的露珠，

像是小鸟听到雷声的警告，

　　像是被震撼而无言的生物

感到了不见的精灵，我的心呵

正似这一切，当你的心临近。

（1819 年）

爱的哲学

泉水总是向河水汇流，
　河水又汇入海中，
天宇的轻风永远融有
　一种甜蜜的感情；
世上哪有什么孤零零？
　万物由于自然律
都必融汇于一种精神。
　何以你我却独异？

你看高山在吻着碧空，
　波浪也相互拥抱；
谁曾见花儿彼此不容：
　姊妹把弟兄轻蔑？
阳光紧紧地拥抱大地，
　月光在吻着海波：
但这些接吻又有何益，
　要是你不肯吻我？

（1819 年）

云

我给干渴的花朵从海河
　　带来新鲜的阵雨；
当树叶歇在日午的梦中，
　　我给予淡淡的荫翳。
从我的毛羽摇落的露珠
　　唤醒了百花的蓓蕾，
等大地母亲绕着太阳舞蹈，
　　它们又都摇摇欲睡。
我用冰雹当打谷禾的枷，
　　又把绿野染成白色，
以后就用雨水把它浸溶，
　　在雷声中笑着走过。

我把雪筛落到一片山岭，
　　老松都被压得呻吟；
这是我的白枕头，一整夜
　　我就睡在风暴的臂中。
庄严地，在我的空中楼阁
　　坐着电闪，我的向导；

而霹雷锁在下面的穴中，

　　不断地挣扎和嗥叫；

这向导轻轻地引我走过

　　陆地和海洋的上空，

他恋于紫色海底的精怪，

　　这恋情使得他游经

多少小河、巉岩、湖水、平原！

　　但无论他到哪里，

他所爱的精灵①仍旧留在

　　山峰之下，或水底；

蓝天的笑这时就照临我，

　　而他却溶解成为雨。②

赤红的旭日揉亮了眼睛，

　　又展开火焰的翅膀；

当晨星熄灭了，它就跳在

　　我飞行云雾的背上；

好像在地震山摇的时候，

　　峭壁上斜出一峰，

一只鹰鸷会暂刻歇落在

　　它的金臂的光辉中。

当落日从明亮的海发出

---

① 云的精灵，一说即指水汽。

② 最后这两行，“我”显然指云的精灵，“他”指电闪和云的形骸。

爱情与安息的情热，
而黄昏的紫红帷幕也从
　　天宇的深处降落，
这时，我就卷翅歇在空中，
　　静得像伏巢的白鸽。

那圆脸的少女，人们叫作
　　月亮的，一身白火焰，
夜风吹拂时，她就掠过了
　　我的羊毛般的地板；
只有天使听见她的脚步；
　　有时，当她的脚踏裂
我的帐幕织得薄的地方，
　　星星就偷窥着世界；
如果有风把帐篷更吹开，
　　它们就像一窝蜜蜂
飞跑出来，我会笑看河水，
　　湖和海，各自铺上星辰
和月亮，就像从我的手里
　　漏下的那一角天空。

我以火带绕太阳的宝座，
　　我给月亮系上珠链，
当旋风展开了我的旗帜，
　　星星就失色，天昏地暗。

从海岬到海岬，我像座桥
　　在汹涌的海上支起，
又像是不透阳光的屋顶——
　　山峰做成它的柱石。
当雄浑的大气被我制服，
　　我就带着雪、火、飓风
一起穿过凯旋的拱门：
　　那正是我的百色弓，
天火在上编织它的彩色，
　　潮湿的地面在欢腾。

我是大地和水的女儿，
　　天空为我所抚育；
我流过海洋和陆地的孔穴，
　　我变化，但不会死去。
因为呵，在雨后，天穹裸露，
　　看不见一点斑痕，
而风和日光以凸的光线
　　搭起蔚蓝的圆顶，
我就不禁对这墓穴暗笑；
　　我会从岩洞腾起来，
像初生之子，像出墓之魂，
　　我会把我的墓破坏。

　　　　　　　　　　　　（1820 年）

给云雀

祝你长生，欢快的精灵！
　　谁说你是只飞禽？
你从天庭，或它的近处，
　　倾泻你整个的心，
无须琢磨，便发出丰盛的乐音。

你从大地一跃而起，
　　往上飞翔又飞翔，
有如一团火云，在蓝天
　　平展着你的翅膀，
你不歇地边唱边飞，边飞边唱。

下沉的夕阳放出了
　　金色电闪的光明，
就在那明亮的云间
　　你浮游而又飞行，
像不具形的欢乐，刚刚开始途程。

那淡紫色的黄昏

与你的翱翔溶合，
好似在白日的天空中，
一颗明星沉没，
你虽不见，我却能听到你的欢乐：

清晰，锐利，有如那晨星
射出了银辉千条，
虽然在清澈的晨曦中
它那明光逐渐缩小，
直缩到看不见，却还能依稀感到。

整个大地和天空
都和你的歌共鸣，
有如在皎洁的夜晚，
从一片孤独的云，
月亮流出光华，光华溢满了天空。

我们不知道你是什么；
什么和你最相像？
从彩虹的云间滴雨，
那雨滴固然明亮，
但怎及得由你遗下的一片音响？

好像是一个诗人居于

思想的明光中，
他昂首而歌，使人世
由冷漠而至感动，
感于他所唱的希望、忧惧和赞颂；

好像是名门的少女
在高楼中独坐，
为了抒发缠绵的心情，
便在幽寂的一刻
以甜蜜的乐音充满她的绣阁；

好像是金色的萤火虫
在凝露的山谷里，
到处流散它轻盈的光
在花丛，在草地，
而花草却把它掩遮，毫不感激；

好像一朵玫瑰幽闭在
它自己的绿叶里，
阵阵的暖风前来凌犯，
而终于，它的香气
以过多的甜味使偷香者昏迷：

无论是春日的急雨

向闪亮的草洒落，

或是雨敲得花儿苏醒，

凡是可以称得

鲜明而欢愉的乐音，怎及得你的歌？

鸟也好，精灵也好，说吧：

什么是你的思绪？

我不曾听过对爱情

或对酒的赞誉，

迸出像你这样神圣的一串狂喜。

无论是凯旋的歌声

还是婚礼的合唱，

要是比起你的歌，就如

一片空洞的夸张，

呵，那里总感到有什么不如所望。

是什么事物构成你的

快乐之歌的源泉？

什么田野、波浪或山峰？

什么天空或平原？

是对同辈的爱？还是对痛苦无感？

有你这种清新的欢快

谁还会感到怠倦？

苦闷的阴影从不曾

挨近你的跟前；

你在爱，但不知道爱情能毁于饱满。

无论是安睡，或是清醒，

对死亡这件事情

你定然比人想象得

更为真实而深沉，

不然，你的歌怎能流得如此晶莹？

我们总是前瞻和后顾，

对不在的事物憧憬；

我们最真心的笑也洋溢着

某种痛苦，对于我们

最能倾诉衷情的才是最甜的歌声。

可是，假若我们摆脱了

憎恨、骄傲和恐惧；

假若我们生来原不会

流泪或者哭泣，

那我们又怎能感于你的欣喜？

呵，对于诗人，你的歌艺

希阿岛的屠杀 德拉克罗瓦 画作

名家诗歌典藏

胜过一切的谐音

所形成的格律，也胜过

书本所给的教训，

你是那么富有，你藐视大地的生灵！

只要把你熟知的欢欣

教一半与我歌唱，

从我的唇边就会流出

一种和谐的热狂，

那世人就将听我，像我听你一样。

（1820年）

阿波罗礼赞

一

不眠的时刻，当我在睡眠，
　　从我眼前扇开了匆忙的梦；
又让镶星星的帷幕做帐帘，
　　好使月光别打扰我的眼睛，——
当晨曦，时刻的母亲，宣告夜梦
和月亮去了，时刻就把我摇醒。

二

于是我起来，登上碧蓝的天穹，
　　沿着山峦和海波开始漫行，
我的衣袍就抛在海的泡沫上；
　　我的步履给云彩铺上火，山洞
充满了我光辉的存在，而雾气
让开路，任我拥抱青绿的大地。

三

光线是我的箭，我用它射杀
　　那喜爱黑夜、害怕白日的"欺骗"，
凡是作恶或蓄意为恶的人
　　都逃避我；有了我辉煌的光线
善意和正直的行为就生气勃勃，
直到黑夜来统治，又把它们削弱。

四

我用大气的彩色喂养花朵、
　　彩虹和云雾；在那永恒的园亭，
月球和纯洁的星星都裹以
　　我的精气，仿佛是裹着衣裙；
天地间，无论是什么灯盏放明，
那光亮归于一，必是我的一部分。

五

每到正午，我站在天穹当中，
　　以后我就迈着不情愿的步履
往下走进大西洋的晚云中；

看我离开，云彩会皱眉和哭泣：
我要自西方的海岛给它安慰，
那时呵，谁能比我笑得更妩媚？

六

我是宇宙的眼睛，它凭着我
　看到它自己，认出自己的神圣；
一切乐器或诗歌所发的和谐，
一切预言、一切医药、一切光明
（无论自然或艺术的）都属于我，
胜利和赞美，都该给予我的歌。

（1820 年）

秋：葬歌

一

太阳失去了温暖，风凄苦地哀号，
枯树在叹息，苍白的花儿死了，
　　一年将竭，
躺在她临死的床上——大地，被枯叶
　　纷纷围绕。

　　来吧，出来吧，季节，
　　从十一月到五月，
　　穿上悲哀的服装
　　给冰冷的一年送丧，
再像飘忽的幽灵守着她的墓场。

二

凄雨在飘飞，冷缩的幼虫在蠕动，
都为临死的一年：河水充盈，而雷声
　　不断哀号；

快乐的燕子飞去了，蜥蜴也回到

　　　它们的洞中；

　　来吧，出来吧，季节，

　　让明媚的姊妹奏乐；

　　披上白、黑和黯灰，

　　把僵死的一年跟随，

为了使墓地青绿，再洒下滴滴的泪。

（1820 年）

咏　月

　　你苍白可是为了
倦于攀登天空，凝视大地，
　　独自漫行得寂寥：
那星群都和你出身迥异——
因而你常变，像忧伤的眼睛
找不到目标值得它的忠诚？

（1820 年）

自　由

一

喷火的山峰彼此呼应，
　　轰隆的巨声远远地回旋；
汹涌的海洋已彼此唤醒，
　　看！在那冬之宝座旁，冰山
　　　听到台风的警号而抖颤。

二

只要有一块云闪出电光，
　　千万个岛屿都被它照明；
地震虽只把一座城火葬，
　　一百座城市都为之战惊，
　　　地下传过了一片吼声。

三

但你的视线比电闪锋利，
　你的脚步比地震更迅速；
海洋的愤怒能被你压低；
　你亮过火山，太阳的明度
　　在你看来是鬼火的雾。

四

　从大气层，从高山，从海波，
　　阳光射过了飓风和水雾；
　从心到心，从一国到一国，
　　你的晨曦直射到每间茅屋，——
呵，一碰到你的曙光的前锋，
　　暴君和奴隶就成了夜影。

（1820 年）

饥饿的堡垒

这里是一个城的荒墟，它也曾
是一个摇篮，而今却变为坟墓
葬着一个绝灭的民族：只有"怜悯"

对寂灭之波上的碎船在哀哭；
就在这里，屹立着饥饿的堡垒。
它筑在囚人的家庭上，他们都

渴求面包、黄金和杀戮：和犯罪
相连的"痛苦"搅动着生之火焰，
直到灯油耗尽，或因泼洒而中辍。

堡垒屹立着，周围是神圣的宫殿
和楼阁；每座大理石筋的屋宇，
那荫蔽每注孤寂财富的亭园，

那铜门的庙堂，和风雨不透的
意大利的阴暗天空下的回廊，
都在堡垒下失色：——它们正孤立

而自保——因此，世界一片荒凉；
仿佛有一个围裹着恐惧的幽灵
悄悄走过一群美貌的姑娘，

它最美，像是把她们的美集中
反映出来；它吸取了她们的发、
她们的色泽和眼睛里的生命
及其一切错误，终至使她们石化。

（1820 年）

世间的流浪者

告诉我，星星，你的光明之翼
在你的火焰的飞行中高举，
要在黑夜的哪个岩洞里
　　　　你才折起翅膀？

告诉我，月亮，你苍白而疲弱，
在天庭的路途上流离飘泊，
你要在日或夜的哪个处所
　　　　才能得到安详？

疲倦的风呵，你飘流无定，
像是被世界驱逐的客人，
你可还有秘密的巢穴容身
　　　　在树或波涛上？

（1820 年）

长逝的时流

有如一个死去好友的鬼魂,
　　呵, 长逝的时流。
是一段永远沉寂的乐音,
一片希望, 去了不再回首,
如此甜蜜的爱情, 但不持久,
　　这是你, 长逝的时流。

有过多少甜蜜的美梦, 埋在
　　长逝的时流中;
不管那是忧愁还是欢快:
每天都向前投下一个幻影
使我们愿望它能够长存——
　　在长逝的时流中。

有过悔恨, 惋惜, 甚至怨责,
　　怨责长逝的时流。
仿佛一个父亲凝视着
爱子的尸体, 直到最后,
美, 和记忆一样, 漾在心头,

漾自长逝的时流。

（1820 年）

时　间

幽深的海呵！年代是你的浪波；
时间的海呵，充满深沉的悲伤，
你被眼泪的盐水弄得多咸涩！
你的波流浩荡无边，在你的水上
潮汐交替，那就是人生的界限！
你已倦于捕食，但仍在咆哮无餍，
把破碎的船吐在无情的岸沿；
你在平静时险诈，风涛起时可怕，
　呵，谁敢航行一只小船，
　在你幽深难测的洋面？

（1821 年）

给——

音乐，虽然消失了柔声，
却仍旧在记忆里颤动——
芬芳，虽然早谢了紫罗兰，
却留存在它所刺激的感官。

玫瑰叶子，虽然花儿死去，
还能在爱人的床头堆积；
同样的，等你去了，你的思想
和爱情，会依然睡在世上。

（1821 年）

歌

一

你很少，很少找我了，
　喜悦的精灵！
为什么这许多日子，
　你不来访问？
呵，你已经和我离别
多少个忧闷的日夜！

二

像我这种人，怎么能
　再把你招到？
你和欢愉的人一起
　对痛苦只嘲笑。
负心的精灵！你尽对
不需要你的人谄媚。

三

你看见悲伤就吃惊，
　　仿佛是蜥蜴
看见了颤动的叶影；
　　连悲哀的太息
也责备你不肯挨近，
但责备呵，你怎肯听？

四

让我把这哀歌扣上
　　快乐的曲调，
你不肯为怜悯而来，
　　只为了欢笑；
等来了，再让怜悯割除
你残酷的翅膀，你会留住。

五

你所爱的我都热爱，
　　喜悦的精灵！
新披上绿叶的大地，

秋日的黄昏，
星光灿烂的夜，和清晨
看金色的雾霭初升。

六

我爱雪，和各种形状的
　闪亮的冰霜；
我爱波浪，轻风，雷雨，
　只要没沾上
人世的苦难，我几乎
爱自然间的一切事物。

七

我喜爱静谧的孤独，
　和一圈友伴——
他们安静、明智、善良；
　呵，在你我之间
有什么区别？但你确有
我所无的，一直在追求。

八

我爱爱情，虽然它像光，
　　会展翅飞去，
但除此而外，精灵呵，
　　我最热爱你——
你是爱情和生命！来吧，
请再在我的心中住家！

（1821 年）

无　常

一

今天还微笑的花朵
　　明天就会枯萎；
我们愿留贮的一切
　　诱一诱人就飞。
什么是这世上的欢乐？
它是嘲笑黑夜的闪电，
　　虽明亮，却短暂。

二

唉，美德！它多么脆弱！
　　友情多不易看见！
爱情售卖可怜的幸福，
　　你得拿绝望交换！
但我们仍旧得活下去，
尽管失去了这些喜悦，

以及"我们的"一切。

三

趁天空还明媚，蔚蓝，
　趁着花朵鲜艳，
趁眼睛看来一切美好，
　还没临到夜晚：
呵，趁现在时流还平静，
做你的梦吧——且憩息，
　等醒来再哭泣。

（1821 年）

哀　歌

哦，世界！哦，时间！哦，生命！
我登上你们的最后一层，
　　不禁为我曾立足的地方颤抖；
你们几时能再光华鼎盛？
　　　噢，永不再有，——永不再有！

从白天和黑夜的胸怀
一种喜悦已飞往天外；
　　初春、盛夏和严冬给我的心头
堆满了悲哀，但是那欢快，
　　　噢，永不再有，——永不再有！

（1821 年）

忆

一

比夏日还飞得轻捷，
快速甚于青春的喜悦，
有似良宵，不稍停歇，
　你来去如此飘忽——
像是大地，叶已不存，
像是深夜，不能入梦，
像是欢乐已逝的心，
　呵，我剩给了孤独。

二

飞燕的夏日会重返——
夜枭的夜也将再现——
但天鹅的青春只愿
　和负心的你同飞。
我的心天天盼清早，

睡眠已被忧伤换掉，

我的冬天呵，即使借到

　　一叶春光也白费。

三

如果百合是为新婚——

玫瑰花该戴给妇人——

紫罗兰是为了哀吟

　　一个死去的少女：

那么，就请洒下紫堇①

在我这活着的尸身，

绝不要有一个友人

　　对我流泪，或忧喜。

（1821 年）

---

① 紫堇，象征忧思、回忆。

明 天

你在哪儿，可爱的明天？
　无论贫富，也无论老少，
我们透过忧伤和喜欢，
　总在寻求你甜蜜的笑——
但等你来时，我们总看见
我们所逃避的东西：今天。

（1821 年）

"世界的伟大时代重又降临"

世界的伟大时代重又降临，

　　黄金的岁月回来了；

大地像一条蛇，焕然一新，

　　她陈腐的冬衣都已脱掉：

天空在微笑，宗教和帝国

像是残梦的遗迹在闪烁。

一个更灿烂的希腊让山峰

　　在更恬静的波上出现，

一条新的比尼阿斯①在滚动

　　它的浪涛，在晨星下面。

敦陂②是更美丽的，遍野花开，

赛克莱群岛守着更明媚的海。

一艘更高的阿葛③行驶海上，

　　载回了新剪的金羊毛；

---

① 比尼阿斯，希腊河名。

② 敦陂，希腊的山谷，以幽美著称。

③ 希腊神话，阿葛是一只大船，一群英雄曾乘坐它去找寻金羊毛。

另一个奥尔菲①又在歌唱，

　　爱呵，哭呵，然后死掉。

一个新的攸利西斯②在飘泊，

　　为着故乡，又离开了卡吕普索。③

何必再写特洛亚的故事，④

　　如果大地只是死的画幅！

也别再将自由给予人的

　　欢欣，混杂以雷亚⑤的愤怒：

即使有更玄奥的斯芬克斯⑥

将死亡的奥秘向人类显示。

另一个雅典将要跃起、兴盛，

　　她会给遥远的世代——

像沉落的太阳之于天空，

---

　　① 希腊神话：奥尔菲是诗人和音乐家，他的琴声能感动草木和禽兽。他的妻子死后，他到地狱去寻她，以歌声迷住了地狱的神，因而允许他将妻子带回世间，但有一个条件，就是他不得在路上回视。他因太爱妻子而回视了，使她又消失在阴间。

　　② 攸利西斯是荷马史诗《奥德赛》中的主人公。他是战争中的英雄，战后返家，曾在海上飘泊多年。

　　③ 希腊神话：卡吕普索是海上女仙，她将攸利西斯在海岛上拘留了七年。

　　④ 荷马史诗《伊利亚特》即描述特洛亚战争者。

　　⑤ 雷亚是希腊忒拜国王和俄狄浦斯之父，神的预言说俄狄浦斯将弑父娶母，果如所言。这里表示俄狄浦斯虽然是"给予人以欢欣"，却也遭受到不幸。

　　⑥ 斯芬克斯，据希腊神话，是一种人面狮身的怪物，它给行路的人出谜语，凡猜不中者就被杀死。俄狄浦斯猜中了，怪物自杀，从而除掉了世人的灾患。

遗下她青春的光彩；

她将遗下一切灿烂的东西，

只要人间能拿，天庭能赐予。

大神萨杜恩①和爱情将挣脱

　　长期的睡眠，善良，光辉，

胜过泯灭的众神，或复活的一个，②

　　也胜过未被征服的同辈：③

他们不要黄金和鲜血为祭，

而是要鲜花和信仰的泪滴。

哦，打住！难道恨和死必须返转？

　　难道人类必须拼死厮杀？

打住！别把这杯甘美的预言

　　一饮而饮到杯底的苦渣。

这个世界已经厌倦了过去，

但愿它终于死亡，或者安息。

（摘自《希腊》，1821 年）

<hr>

① 萨杜恩是黄金时代的天国的主宰，以后被其子宙斯所推翻。萨杜恩和爱情象征纯真和快乐。

② "泯灭的众神"指"希腊、亚洲和埃及的众神"，"复活的一个"指"耶稣，他的出现使异教世界的信仰受到打击"。（雪莱注）

③ 指中国、印度、美洲土人及南太平洋群岛上所崇奉的神。（根据雪莱注）

"当一盏灯破碎了"

一

当一盏灯破碎了，
它的光亮就灭于灰尘；
当天空的云散了，
彩虹的辉煌随即消隐。
要是琵琶断了弦，
优美的乐音归于沉寂；
要是嘴把话说完，
爱的韵味很快就忘记。

二

有如乐音和明光
必和琵琶与灯盏并存，
心灵弹不出歌唱
假如那精气已经消沉：
没有歌，只是哀悼，

像吹过一角荒墟的风，
　像是哀号的波涛
为已死的水手敲丧钟。

三

　两颗心一旦结合，
爱情就离开精制的巢，
　而那较弱的一个
必为它有过的所煎熬。
　哦，爱情！你在哀吟
世事的无常，何以偏偏
　要找最弱的心灵
做你的摇篮、居室、灵棺？

四

　它以热情颠疲你，
有如风暴把飞鸦摇荡；
　理智将会嘲笑你，
有如冬日天空的太阳。
　你的巢穴的橡木
将腐烂，而当冷风吹到，
　叶落了，你的华屋

就会把你暴露给嘲笑。

（1822 年）

给珍妮：回忆

一

如今，既然那一串日子
（都和你一样美丽、明朗）
已经以最美的一日告终，
来呵，记忆，快写下赞颂！
来呵，快像你经常那样，
给逝去的好景刻下碑石——
因为，大地如今变了颜色，
天庭也正在皱起前额。

二

我们一同踱进了松林，
　　它就坐落在海波之旁，
轻柔的风歇在巢里，
　　暴风雨留在自己家乡。
喃喃的海波安歇了，

云彩都各自去游荡，
天空的笑颜就映在
　海洋的蔚蓝的胸上；
看呵，这一刻好像是
　从碧霄外飘来的时光，
弥漫在这儿的日辉
　也仿佛是来自天堂。

三

我们伫立在松林中，
　苍松像巨人似的矗立，
那枝干经过风吹雨打，
　像交缠的蛇一样扭曲，
而树顶在蔚蓝的空中
　受到每阵轻风的抚爱，
也变得和轻风一样柔：
　好似一片乐音和色彩；
现在，林梢被吹拂得
　睡着了，像海上的碧波，
又像深海里的树林
　那样静止，那样沉默。

四

呵，多么静！这片静穆
　　竟被锁得如此严紧，
连啄木鸟不断啄木
　　所发出的嘚嘚的声音，
也丝毫不曾把它冲破；
　　静谧笼罩在我们周身，
平和的呼吸的颤动
　　反而加浓了静的气氛。
这一片空间，从那远方
　　冰雪覆盖的山野荒峦，
直到我们脚前的花草，
　　似乎都为灵气所弥漫；
一个精灵向它倾注了
　　欢乐而沉默的生命，
于是它使我们暂时
　　平息了人性内的纷争，
呵，我能感到那魅力
　　发自一个美丽的形影，
这方圆之内的大气
　　由于她而充满了爱情。

五

在树林的枝叶下，我们
　　在一片水塘前站住，
每滩水都像是小小的
　　一隅天空，被地面绊住；
呵，在幽黑的大地上
　　有了光辉灿烂的天穹，
它看来比夜还深邃，
　　比晴和的白日更纯净——
葱绿的树木映在水里
　　好像是生长在半空中，
但它却比空中的树木
　　颜色更美，形态更动人。
在那水里，有一片草地，
　　还有透过幽暗的树林
闪耀的阳光，很像晨曦
　　洒漏出一块乌黑的云。
我们在这地面的世界
　　所难看到的美好景物，
都由于水对这片树林
　　一往情深而被映出。
在水里，一切都渗透着

好似极乐园的光辉，

那空气没有一丝风，

　　那日辉看来更为柔美。

这景色好似为了爱情

　　投向水的幽暗的胸怀，

它的一草一叶都被

　　更加真实地表现出来；

直到嫉妒的风吹来了，

　　像是令人不快的思想，

它从内心忠实的眼膜

　　抹去了那可爱的形象。

唉，虽然你雍容可亲，

　　虽然这树林永远碧绿，

雪莱的心上却不常有

　　那片水所凝聚的静谧。

（1822 年）

哀 歌

狂风呵，你在高声哀呼，
　悲痛得不成歌声；
风呵，你使阴沉的云雾
　整夜都在敲丧钟；
暴风雨，你流泪也枉然，
枯树呵，你高伸出枝干，
幽暗的洞，凄凉的平原——
　哭吧，为世上的暴政！

（1822 年）

济慈卷

济　慈　卷

给我的弟弟乔治

今天我看见的奇迹很多：
　　初升的旭日吻干了清晨
　　眼中的泪，天宇中的诗人
凭倚着黄昏轻柔的金色；
我看见碧蓝而广阔的海，
　　它那巉岩，洞穴，海船，憧憬
　　和忧惧，还有神秘的海声
令人悠悠想到过去和未来！
亲爱的乔治呵，就在此时，
　　月神像在她新婚的夜晚，
羞怯地从丝帷向外窥伺，
　　她的欢情还只流露一半。
唉，但天空和海洋的奇迹
算了什么，若不是联想到你？

（1816 年 8—9 月）

给——

假如我面貌英俊，我的轻叹
　　就会迅速荡过那玲珑玉壳——
　　你的耳朵，把你的心找到；
热情尽够鼓舞我前去冒险：
但可惜我不是无敌的骑士，
　　没有盔甲闪闪的在我前胸，
　　我也不是山中快乐的牧童，
能让嘴唇对牧女的眼睛放肆。
然而我仍得爱你，说你甜蜜，
　　因为你甜过希布拉①的玫瑰
　　　　当它浸润在醉人的露水里。
唉！但我只合品尝那露滴，
　　等月亮露出脸，苍白而憔悴，
　　　　我将要凭咒语把露水采集。

(1816 年)

————————

　　①　希布拉（Hybla），爱特纳山腰上的城镇，有野生芳草，味极甘美。

"有多少诗人"

有多少诗人把闲暇镀成金！
　我的幻想总爱以诗章作为
　食品——它平凡或庄严的美
能使我默默沉思很多时辰；
平时，每当我坐下来吟咏，
　诗人就拥聚在我的脑海间，
　但并不引起芜杂的骚乱，
而是合唱出悦耳的歌声。
正如黄昏容纳的无数声音：
　树叶的低语，鸟儿的歌唱，
　水流的潺潺，由暮钟的振荡
所发的庄严之声，和千种
　缥缈得难以辨识的音响，
它们构成绝唱，而不是喧腾。

（1816 年 3 月）

给赠我以玫瑰的友人①

最近，我在愉快的田野里漫步；
　　天鹅正在茂密的苜蓿荫翳里
　　摇落颤动的露珠，冒险的骑士
也正又拿起打凹的盾牌上路；
这时，我看到最美的野生花朵——
　　一枝早开的麝香蔷薇，在初夏
　　散发着甜香，像女皇泰坦妮亚②
所执的魔杖，秀丽地滋长着。
当我宴飨于它的芬芳的时候，
　　我想，它远优于花园里的玫瑰：
可是，威尔斯呵，你的玫瑰来后，
　　我的感官却迷于它们的甘美：
它们有轻柔的声音，悄悄恳求
　　和平、真理和无尽友情的陶醉。

---

① 指查理斯·威尔斯（Charles Wells，1799—1879），济慈弟弟托姆的同学，曾写过一些小说和剧本。
② 泰坦妮亚，妖仙的女皇，见莎士比亚的《仲夏夜之梦》。

"哦，孤独"①

哦，孤独！假若我和你必须
　　同住，可别在这层叠的一片
　　灰色建筑里，让我们爬上山，
到大自然的观测台去，从那里——
山谷，晶亮的河，锦簇的草坡，
　　看来只是一拃；让我守着你
　　在枝叶荫蔽下，看跳纵的鹿麋
把指顶花盅里的蜜蜂惊吓。
不过，虽然我喜欢和你赏玩
　　这些景色，我的心灵更乐于
　　和纯洁的心灵（她的言语
是优美情思的表象）亲切会谈；
　　因为我相信，人的至高的乐趣
是一对心灵避入你的港湾。

(1816 年)

---

① 这是济慈第一次发表的诗作，发表在《探索者》上面。

163

"对于一个久居城市的人"

对于一个久居城市的人，
　　看看天空的明媚的面貌，
　　对着蔚蓝的苍穹的微笑
低低发声祷告，多么怡情！
他可以满意地，懒懒躺在
　　一片青草的波浪里，读着
　　温雅而忧郁的爱情小说，
有什么能比这个更愉快？
傍晚回家了，一面用耳朵
　　听夜莺的歌唱，一面观看
流云在空中灿烂地飘过，
　　他会哀悼白天这样短暂：
它竟像天使的泪珠，滑落
　　清朗的气层，默默地不见。

（1816 年 6 月）

初读贾浦曼译荷马有感①

我游历了很多金色的国度，

　　看过不少好的城邦和王国，

　　还有多少西方的海岛，歌者

都已使它们向阿波罗臣服。

我常听到有一境域，广阔无垠，

　　智慧的荷马在那里称王，

　　我从未领略它的纯净、安详，

直到我听见贾浦曼的声音

无畏而高昂。于是，我的情感

　　有如观象家发现了新的星座，

或者像考蒂兹，② 以鹰隼的眼

　　凝视着太平洋，而他的同伙

在惊讶的揣测中彼此观看，

---

　　① 济慈不懂希腊文，这里表示他阅读贾浦曼（G·Chapman，1559—1634?）英译的《荷马史诗》时所感到的喜悦。据蒲伯说，贾浦曼的译文充满了"大胆而火热的精神"。

　　② 考蒂兹（H·Cortez，1485—1547），探险家及墨西哥的征服者。实则他不是第一个发现太平洋的欧洲人。

尽站在达利安①高峰上，沉默。

（1816 年 10 月）

---

① 达利安（Darien），中美洲的海峡。

卢梭 画作

名家诗歌典藏

清晨别友人有感

给我一支金笔吧，让我靠守
　一柱花，在明媚缥缈的境域；
　给我一块比星星更晶白的
方石，不然就给我天使的手
好把歌颂天庭的银弦弹奏：
　让珍珠的车驾，粉红的衣裙，
　卷发，明眸的眼，钻石的花瓶，
和半显的翅翼在眼前飘走。
让乐声在我的耳边缭绕，
　而当每一曲悠悠地告终，
　　让我写下哪怕一行辉煌的
音节，充满天庭的百般美妙：
　呵，我的心正攀登多高的高峰！
　　它不愿这样快就独行踽踽。

(1816 年 11 月)

167

蝈蝈和蟋蟀

从不间断的是大地的诗歌：
　　当鸟儿疲于炎热的太阳
　　在树荫里沉默，在草地上
就另有种声音从篱笆飘过；
那是蝈蝈的歌声，它急于
　　享受夏日的盛宴的喜悦，
　　唱个不停；而等它需要停歇，
就在青草丛里稍稍憩息。
呵，大地的诗歌从不间断：
　　在孤寂的冬夜，当冰霜冻结，
　　　四周静悄悄，炉边就响起了
蟋蟀的歌声，而室中的温暖
　　使人矒矒欲睡，我们会感觉
　　　仿佛是蝈蝈在山坡上鸣叫。

（1816 年 12 月 30 日）

致克苏斯珂①

克苏斯珂呵！你伟大的名字

　　是一次丰收集起高贵的感情；

　　对于我们，它是辉煌的乐音

来自天宇：一只永恒的调子。

它告诉了我，在未知的世界中，

　　有些英雄的名字自阴云间

　　爆发出来，变为乐声，就永远

盘旋在星际和无垠的天空。

它又告诉我，在欢乐的日子，

　　当世上行走着善良的精灵，

　　你的、阿弗瑞德②的、和古昔

伟人的名字，就会合而产生

一曲响亮的、柔和的赞美诗，

---

　　① 克苏斯珂（Kosciusko,？—1817），波兰的爱国志士，曾参加美国独立战争，并为了争取波兰的自由，在1792年率领四千人抵抗俄军一万六千人。波兰屈服后，他于1794年再起而抵抗俄普联军，失败被俘。被释后卜居伦敦及巴黎，享受着自由战士的荣耀。

　　② 阿弗瑞德（Alfred，840—901），撒克逊王，以开明著称。他曾振兴文学，并译有哲学及历史著作多种。

它将远远飘荡，直达于上帝。

（1816 年 12 月）

致查特顿①

查特顿！忧伤和苦难之子！
　　呵，你的命运是多么悲惨！
　　天才和崇高的争论徒然
在你眼里闪烁，过早的死
已使它幽暗！那华严的歌
　　这么快逝去了！夜这样逼近
　　你美丽的早晨。一阵寒风
使尚未盛开的小花凋落。
但这已成为过去：而今，你
　　住在星空，对着旋转的苍穹
美妙地歌唱，不再受制于
　　人心的忧惧和忘恩的人群。
在地面，好人正捍卫你的名字，
　　并且要以泪水把它滋润。

（1814 年）

---

① 查特顿（T·Chatterton，1752—1770），英国文学史上寿命最短的诗人。他捏造了很多英国古代的文件及著作，伪托若雷之名写了很多诗发表出来，并且写有歌剧上演。但终于因贫困不得意而服毒自杀，死时年仅十七岁。他的诗虽伪托古人之作，但颇见他自己的诗才，以后合订成集，出版多次。

给拜伦

拜伦！你的歌声多么甜蜜
　　而悒郁，教人心里生出温情，
　　仿佛是"悲悯"曾弹低诉的琴，
你听到了，便把那音阶铭记，
使它得以流传。幽暗的悲伤
　　并没有使你的魅力减少；
　　在你的悲哀上，你给覆盖了
一轮光晕，使它灿然放光，
仿佛是遮住满月的云雾，
　　它的边缘镶着耀眼的黄金，
琥珀的光辉从黑袍下透出，
　　又似乌云石上美丽的脉纹；
垂死的天鹅呵，请娓娓地唱，
唱你的故事，你悦人的悲伤。

（1814 年）

愤于世人的迷信而作

教堂的钟声在阴沉地振荡，
　　它号召人去寻找另一种幽暗，
　　另一种希望，更愁惨的忧烦，
以便倾听那可恶的宣讲。
人的头脑一定被某种魔咒
　　紧紧缚住了；你不见每个人
　　都匆忙地离开炉边的欢欣，
抛下柔情的歌，心灵的感受？
那钟声尽在响，使我几乎
　　坠入坟墓散发的阴冷中，
幸而我知道，他们像残烛
　　就要完了，这是他们的悲声
　　在没落之前，而世界将出生
鲜花，和许多灿烂不朽的事物。

（1816 年 12 月）

"呵，在夏日的黄昏"

呵，在夏日的黄昏，当晚霞
　　向西方倾注着万道金光，
　　当白云歇在和煦的西风上，
我多愿意远远地、远远抛下
一切卑微的念头，暂时摆脱
　　小小的顾虑，好随处去寻觅
　　芬芳的野景，自然的秀丽，
把我的心灵骗入一刻欢乐。
我愿意用过去的爱国事迹
　　温暖自己的心，冥想锡德尼
冷酷的尸架，密尔顿的命运，①
或许我还能借助诗的羽翼
　　而翱翔，并且流洒温馨的泪，
　　若是嘹亮的忧伤迷住了眼睛。

（1816 年）

---

　　① 锡德尼（P·Sidney，1554—1586），英国诗人及政治家。在与西班牙作
战时，受伤而死。密尔顿因反对帝政和参加清教革命，以后皇室复辟时，曾被捕
并失去大部分财产。

"漫长的冬季"

漫长的冬季才尽，当浓雾
　　不再低压着我们的平原，
　　从温煦的南方就送来晴天，
给病恹的天空除尽了斑污。
这解除了痛苦的日子，急于
　　享受权利，已披上五月的感觉，
　　而眼睑却还有寒气在跳跃，
像是玫瑰叶上滴溅的夏雨。
最恬静的思绪浮荡在心上，
　　使人想起嫩叶、静静成熟的
果实、屋檐上向晚的秋阳、
　　莎弗①的面颊、睡婴的呼吸、
沙漏中逐渐滴下的沙子、
森林里的小河、诗人的死。

（1817 年 1 月 31 日）

---

① 莎弗（Sappho），古希腊的女诗人，写有很多爱情诗。

初见爱尔金璧石有感①

我的心灵是脆弱的；无常
    重压着我，像不情愿的梦，
    每件神工的玄想的极峰
都在告诉我，我必将死亡，
像仰望天空的一只病鹰。
    可是，哭泣又未免太过分，
    即使不能凌驾云霄的风
去迎接刚刚睁眼的清晨。
这极尽想象的辉煌之作
    给我滋生了难言的矛盾：
希腊的光辉终于越过
    时流的摧残，眩人心神，
我看见的是灰色的浪波，
    却也有太阳，有一痕雄浑。

(1817 年 2 月)

---

① 希腊神殿的古壁画及雕饰被英国人爱尔金劫至英国，因此称为"爱尔金壁石"，置于大英博物馆中。

题李·汉特的诗 "理敏尼的故事"

谁若是爱对着早晨的太阳，

　半闭起眼睛，乐于享受闲适，

　他尽可携带这甜蜜的故事

去寻觅草坪和溪水的荡漾；

谁若是爱守望最明亮的星——

　长庚，——他尽可把这诗的音节

　悄悄地念给星光和幽夜，

或月亮，若是她已经在巡行。

谁若懂得这些乐趣，并惯于

　以一笑或一泪去诠释世情，

他会在这诗里找到一片园地——

　他心灵的亭荫，而且会踱进

许多幽径里，看枞树掉果实，

　落叶萎黄，还有知更鸟在跳纵。

（1817 年）

再读“李耳王”之前有感

哦，金嗓子的传奇，幽静的琵琶！

美丽的鲛人！缥缈之境的仙后！

别在冬天鸣啭你诱人的歌喉，

合上你过时的书页，安静吧：

再见了！我得再一次挣扎过

高昂的人性与永劫之间的

火热的争执；我得再细心尝试

莎士比亚这枚苦涩的甘果。

主导的诗人！阿尔比安①的云霄！

你创始了深刻而永恒的主题；

我就要进入你的古橡树林了，

可别让我梦游得徒然无益：

当我在火里焚烧，请给我装上

凤凰的羽翼，好顺我的愿心飞翔。

(1818 年)

---

① 阿尔比安（Albion），英国古称。

"每当我害怕"

每当我害怕，生命也许等不及
　　我的笔搜集完我蓬勃的思潮，
等不及高高一堆书，在文字里，
　　像丰富的谷仓，把熟谷子收好；
每当我在繁星的夜幕上看见
　　传奇故事的巨大的云雾征象，
而且想，我或许活不到那一天，
　　以偶然的神笔描出它的幻相；
每当我感觉，呵，瞬息的美人！
　　我也许永远不会再看到你，
不会再陶醉于无忧的爱情
　　和它的魅力！——于是，在这广大的
世界的岸沿，我独自站定、沉思，
直到爱情、声名，都没入虚无里。

（1818 年 1 月）

给——①

自从我被你的美所纠缠，

　　你裸露了的手臂把我俘获，

时间的海洋已经有五年

　　在低潮，沙漏反复过滤着时刻。

可是，每当我凝视着夜空，

　　我仍看到你的眼睛在闪亮；

每当我看到玫瑰的鲜红，

　　心灵就朝向你的面颊飞翔；

每当我看到初开放的花，

　　我的耳朵，仿佛贴近你唇际

想听一句爱语，就会吞下

　　错误的芬芳：唉，甜蜜的回忆

使每一种喜悦都黯淡无光，

你给我的欢乐带来了忧伤。

（1818 年 2 月）

---

① 这首诗所给的人，据说是济慈在狐厅花园中曾偶尔一见的一个女子。

"但愿一星期能变成一世纪"

但愿一星期能变成一世纪，
　　每周都有感于离别和会见，
那么，颊上会永远闪着情谊，
　　短短的一岁就变成一千年；
要是这样，尽管人生短暂，
　　我们必能长生，时间会无用，
一天的行程会延长和变缓，
　　在朦胧中常保我们的欢情。
但愿每星期一都来自印度，
　　星期二返自地中海的旅程，
那么一瞬间，就有欢乐无数
　　使我们的心灵永恒地激动！
今早和昨晚，朋友，教给了
我该如何珍惜这愉快的思潮。

　　　　　　　　　　（1818 年 2—3 月）

人的时令

四个季节循环成为一年，
　　人的脑海也有四个时令，
他有他的欢愉的春天，
　　由幻想给揽来一切美景；
他有夏季，那时他爱咀嚼
　　华丽的春梦，春季的甜品，
他的梦想飞扬得这样高，
　　使他最接近天庭；他的心
在秋天有了恬静的港湾：
　　那时他折起翅膀，满意于
懒懒望着雾色，满怀冷淡
　　让一切流去，像门前的小溪。
他也有苍白而丑陋的冬令，
不然，他就丧失了人的本性。

（1818 年 1—3 月）

致荷马

孤独的，被巨大的无知所包围，
　　我耳闻到你和狄洛斯群岛,①
正如一个岸上人，看到海水，
　　或想探视海豚所居的珊瑚礁。
谁说你是盲人！——不，因为约甫②
　　拉开了天帷让你进去卜居，
海神为你支起水泡的帐幕，
　　牧神让蜜蜂给你唱着歌曲。
呵，黑暗的边沿岂不是光亮！
　　悬崖上现出人迹不到的青绿，
子夜里有含苞待放的晨光，
　　盲人的眼睛也另有一种视力。
你就具有这种视觉，像是月神：
她主宰着人间、地狱、和天庭。

（1818 年）

----

①　狄洛斯（Delos）群岛或赛克莱狄斯群岛，在爱琴海中，希腊神话指为日神阿波罗诞生之地。
②　约甫，罗马神话中的天空之神，相当于希腊神话的宙斯。

咏睡眠

哦，午夜的温馨的安慰者，
　　请用善意的手，小心地合上
这爱幽暗的眼睛，使它躲过
　　光亮，躲进了圣洁的遗忘。
甜蜜的睡眠呵！你的这颂祷，
　　如果你愿意，尽可不必唱完
就闭上我的眼，或者直等到
　　"阿门"，再把罂粟洒在我床边。
　　搭救我吧；否则，逝去的太阳
就会照在枕上，滋生忧郁；
　　快让我摆脱开这好奇的心，
它像鼹鼠，最会向黑暗里钻；
　　请轻轻锁上这滑润的牢门，
呵，请封闭我这寂静的灵棺。

（1819 年 4 月）

"白天逝去了"[①]

白天逝去了，它的乐趣也都失去！
　柔嫩的手，更柔的胸，娇音和红唇，
温馨的呼吸，多情的、如梦的低语，
　明眸，丰盈的体态，细软的腰身！
一切违时地消逝了，唉，当黄昏——
　那爱情的夜晚，那幽暗的节日
为了以香帷遮住秘密的欢情，
　正开始把昏黑的夜幕密密编织；
而这时，一朵鲜花，她饱含的魅力
　枯萎了，我眼前的丽影无踪；
枯萎了，我怀抱着的美的形体；
　枯萎了，声音、温暖、皎洁和天庭——
但今天我既已读过爱情的圣书，
而又斋戒、祈祷过，它该让我睡熟。

（1819 年 10—12 月）

---

① 本诗是写给诗人的恋人范妮·勃朗的。

夜莺颂

一

我的心在痛，困顿和麻木

　　刺进了感官，有如饮过毒鸩，

又像是刚刚把鸦片吞服，

　　于是向着列斯①忘川下沉：

并不是我嫉妒你的好运，

　　而是你的快乐使我太欢欣——

　　　　因为在林间嘹亮的天地里，

　　　　　　你呵，轻翅的仙灵，

你躲进山毛榉的葱绿和阴影，

　　放开了歌喉，歌唱着夏季。

二

　　唉，要是有一口酒！那冷藏

---

① 列斯，冥府中的河，鬼魂饮了它便忘记前生的一切，亦译"忘川"。

在地下多年的清醇饮料，
一尝就令人想起绿色之邦，
　　想起花神，恋歌，阳光和舞蹈！
要是有一杯南国的温暖
　　充满了鲜红的灵感之泉，
　　　　杯沿明灭着珍珠的泡沫，
　　　　　给嘴唇染上紫斑；
哦，我要一饮而悄然离开尘寰，
　　和你同去幽暗的林中隐没：

　　　　　三

远远地、远远隐没，让我忘掉
　　你在树叶间从不知道的一切，
忘记这疲劳、热病和焦躁，
　　这使人对坐而悲叹的世界；
在这里，青春苍白、消瘦、死亡，
　　而"瘫痪"有几根白发在摇摆；
　　　　在这里，稍一思索就充满了
　　　　　忧伤和灰眼的绝望，
　　而"美"保持不住明眸的光彩，
　　　新生的爱情活不到明天就枯凋。

187

四

去吧！去吧！我要朝你飞去，
　　不用和酒神坐文豹的车驾，
我要展开诗歌的无形羽翼，
　　尽管这头脑已经困顿、疲乏；
去了！呵，我已经和你同往！
　　夜这般温柔，月后正登上宝座，
　　　周围是侍卫她的一群星星；
　　　　但这儿却不甚明亮，
　　除了有一线天光，被微风带过
　　　葱绿的幽暗，和苔藓的曲径。

五

我看不出是哪种花草在脚旁，
　　什么清香的花挂在树枝上；
在温馨的幽暗里，我只能猜想
　　这个时令该把哪种芬芳
赋予这果树，林莽和草丛，
　　这白枳花，和田野的玫瑰，
　　　这绿叶堆中易谢的紫罗兰，
　　　　还有五月中旬的骄宠，

188

这缀满了露洒的麝香蔷薇，

　　它成了夏夜蚊蚋的嗡嘤的港湾。

六

我在黑暗里倾听；呵，多少次

　　我几乎爱上了静谧的死亡，

我在诗思里用尽了好的言辞，

　　求他把我的一息散入空茫；

而现在，哦，死更是多么富丽：

　　在午夜里溘然魂离人间，

　　　　当你正倾泻着你的心怀

　　　　　　发出这般的狂喜！

你仍将歌唱，但我却不再听见——

　　你的葬歌只能唱给泥草一块。

七

永生的鸟呵，你不会死去！

　　饥饿的世代无法将你蹂躏；

今夜，我偶然听到的歌曲

　　曾使古代的帝王和村夫喜悦；

或许这同样的歌也曾激荡

露丝①忧郁的心，使她不禁落泪，

　　站在异邦的谷田里想着家；

　　　　就是这声音常常

　　在失掉了的仙域里引动窗扉：

　　　　一个美女望着大海险恶的浪花。②

八

呵，失掉了！这句话好比一声钟

　　使我猛省到我站脚的地方！

别了！幻想，这骗人的妖童，

　　不能老耍弄它盛传的伎俩。

别了！别了！你怨诉的歌声

　　流过草坪，越过幽静的溪水，

　　　　溜上山坡；而此时，它正深深

　　　　　　埋在附近的溪谷中：

　　噫，这是个幻觉，还是梦寐？

　　　　那歌声去了：——我是睡？是醒？

　　　　　　　　　　　　　　　（1819 年 5 月）

---

　　① 据《旧约》，露丝是大卫王的祖先，原籍莫艾伯，以后在伯利恒为富人波兹种田，并且嫁给了他。

　　② 中世纪的传奇故事往往描写一个奇异的古堡，孤立在大海中；勇敢的骑士如果能冒险来到这里，定会得到财宝和堡中的公主为妻。这里讲到，夜莺的歌会引动美人打开窗户，遥望并期待她的骑士来援救她脱离险境。

希腊古瓮颂

一

你委身"寂静"的、完美的处子,

　　受过了"沉默"和"悠久"的抚育,

呵,田园的史家,你竟能铺叙

　　一个如花的故事,比诗还瑰丽:

在你的形体上,岂非缭绕着

　　古老的传说,以绿叶为其边缘,

　　　讲着人,或神,敦陂或阿卡狄?①

　　呵,是怎样的人,或神!在舞乐前

多热烈的追求!少女怎样地逃躲!

　　　怎样的风笛和鼓铙!怎样的狂喜!

二

　　听见的乐声虽好,但若听不见

---

　　① 敦陂(Tempe),古希腊西沙里的山谷,以风景优美著称。阿卡狄
(Arcady)山谷也是牧歌中常歌颂的乐园。

却更美；所以，吹吧，柔情的风笛；

不是奏给耳朵听，而是更甜，

它给灵魂奏出无声的乐曲；

树下的美少年呵，你无法中断

你的歌，那树木也落下了叶子；

鲁莽的恋人，你永远、永远吻不上，

虽然够接近了——但不必心酸；

她不会老，虽然你不能如愿以偿，

你将永远爱下去，她也永远秀丽！

三

呵，幸福的树木！你的枝叶

不会剥落，从不曾离开春天；

幸福的吹笛人也不会停歇，

他的歌曲永远是那么新鲜；

呵，更为幸福的、幸福的爱！

永远热烈，正等待情人宴飨，

永远热情地心跳，永远年轻；

幸福的是这一切超凡的情态：

它不会使心灵餍足和悲伤

没有炽热的头脑，焦渴的嘴唇。

四

这些人是谁呵，都去赴祭祀？
　　这做牺牲的小牛，对天鸣叫，
你要牵它到哪儿，神秘的祭司？
　　花环缀满着它光滑的身腰。
是从哪个傍河傍海的小镇，
　　或哪个静静的堡寨的山村，
　　　来了这些人，在这敬神的清早？
呵，小镇，你的街道永远恬静；
　　再也不可能回来一个灵魂
　　　告诉人你何以是这么寂寥。

五

哦，希腊的形状！唯美的观照！
　　上面缀有石雕的男人和女人，
还有林木，和践踏过的青草；
　　沉默的形体呵，你像是"永恒"
使人超越思想：呵，冰冷的牧歌！
　　等暮年使这一世代都凋落，
　　　只有你如旧；在另外的一些
　　忧伤中，你会抚慰后人说：

"美即是真，真即是美，"这就包括
　　你们所知道、和该知道的一切。

（1819 年 5 月）